漫娱 SINCE
小说馆 Novel Club
《小说馆》书系

长江出版社

序

心口鹿

风 小 饕

XIN KOU LU

有个女生有项特异功能：当她凝视别人的心口位置，就能看到一头鹿——对，就是“心跳如小鹿乱撞”的那头鹿。

在她眼里，年轻人们的心口鹿总是头破血流、鼻青脸肿，没办法，乱撞得频率高。

年长一些的人的心口鹿则比较有自己的风格，有的烫头很朋克，有的纹身特社会，有的叼着烟一脸沧桑，有的浑身腱子肉、把乱撞演化成了跑酷艺术……

高中生的心口鹿简直像是少先队员，时刻准备着。他们的敏感度特别高，不说看见美女帅哥或被表白，就连上课被老师点名回答问题都会撞一波。

社会人的心口鹿大多数就比较懒啦，胖鹿也不少，都是因为太不爱撞了。难得看到男神女神，人的嘴上说着“哎呀不行要掉坑爬墙恋爱了！”心口鹿却在慢条斯理地抽烟：“就这种水准？老子才不撞。”

观察别人的心口鹿很有趣，少女通过这项特异功能结识了很多反差萌的人。

比如看起来风流无比其实心口鹿不谙世事的大帅哥；

比如貌似弱柳扶风、心口鹿却抽烟纹身连目睹车祸都不撞一下的小姐姐；

比如乍一看十分古板但心口鹿实力 cos 偶像、看到偶像就跳应援舞的管理人员……

后来，女生喜欢上了一个中年大叔。

大叔的心口鹿总是淡定地坐着、腿上盖着毯子、架着眼镜夹着烟翻书，对心外的世界莫不担心，顶多抬头扫少女两眼。

少女积极地展开倒追大业，花样创造偶遇，想尽办法培养跟大叔共同的兴趣爱好，努力刷存在感……明明大叔面对她也会笑、会说心里话、会谈旧情伤、会宠溺她，可他的心口鹿就是从来没有撞过。

少女一开始坚持，后来渐渐灰心。

她觉得大叔就是把她当成了关系要好的妹妹，这就是传说中的“不来电”。她在镜子里看自己的心口鹿，自己的小鹿揉着满头包一脸委屈——它撞了太久，也是很累了呀。

于是少女无声无息地撤了，没有告白自讨没趣，打算收拾好心情等待下一次心动。

没想到大叔很快主动找上来，问她“为什么不联系了？”看她对自己不甚在意的样子，大叔白着脸、鼓了鼓勇气跟少女说：“可是我很喜欢你，我，我不只是把你当朋友，我想跟你在一起。”

少女又惊又喜，但看向大叔的心口鹿，那鹿依然没有撞，只是瞪着大眼盯着自己。

她就有些羞恼，觉得大叔是在骗自己，要把大叔推出门去。拉扯的过程中，就见大叔的心口鹿突然扯掉了膝盖上的毯子，露出了已经肌肉萎缩的后腿，挣扎着摔到地上，用头拼命撞击大叔的心房。

少女讶然地停住动作，抬头看大叔的脸。

大叔的眼眶已经红了，他按着少女的肩膀说：“我不知道怎么表达才能让你相信，但是我真的爱你……我的心已经很多很多年没有这样跳过了，不信你听。”他把少女带进怀里。

少女趴在大叔怀里，听着大叔的心口鹿用脑袋撞心房的声音：咚！咚！

她想起大叔跟她谈过的情伤，终于明白过来：大叔年轻时爱得热烈，小鹿乱撞到把腿撞断，奈何感情无疾而终……他的心口鹿本来是一头再也不能撞的残疾鹿，心口鹿之前不撞，并不意味着大叔不爱她。

而现在，感觉可能会失去她，大叔这头可怜的心头鹿倾尽所能地重新撞了起来。哪怕是狼狈地趴在地上、哪怕是撞脑袋撞得头破血流，也在拼命提醒它的主人：喂，就是这个人，你爱的就是这个女孩，千万不要放手呀！

它也在拼命替主人向心爱的人发出信号：姑娘，这个傻瓜爱你啊，很爱很爱你啊，请你不要放开他！

少女的鼻子发酸，她终于抬起手回抱住大叔，带着哭腔说：“我抱过了就是我的，再也不会松开啦。”

目录

我有个恋爱想跟你谈谈

劈个叉都是爱你的形状

CONTENTS

人家拿小拳拳捶你胸口

摔倒了要亲亲才能站起来

LOVE YOU

我有个恋爱想跟你谈谈

当我嫁给了处女座

文 / 七宝酥

晋江作者，文笔细腻简练，个人风格独特。
作品《和“好喝”的你在一起》。

曾经的曾经，作为一个典型的射手女，在我的理想伴侣星座里，狮子男独占鳌头。

但在今年六月份……我却破天荒地嫁给了本打算黑一生的处女男……

总之，世事难料，人生无常，计划赶不上变化，谁让我当初瞎了眼呢。

是的，2014 年初，如鬼迷心窍般，我忽然迷上了医生这个行业。风度翩翩的白大褂，消毒水的气味，对人体各处都了如指掌……想想我都合不拢腿。

然后，我狂看了一堆男主是医生的言情小说，尤其有一本叫作《写给医生的报告》，妈呀，简直让我的少女心“砰砰”直跳。

从此，我便立志，此生非医生不嫁。

心动不如行动，我当即开始了漫漫寻医之路。虽然不是真的寻医求诊，但从某种意义上来说，我这也是一种心病嘛。

可后来的过程并不顺利，但凡我碰到的、看着不错的身边的医生，不是名草有主，就是一家三口其乐融融。

男医生这种职业，就跟女教师一样，是相亲道路上的抢手货。后来我决定双管齐下，不光在现实中勾搭，微信、网络这种东西更是不能放过。

去年五月份，我开始每天打开微信，视查一遍“附近的人”，男人。盼望着哪一天我能逮到，哦不，偶遇到一个男医生。

可能是吸引力法则真的有效果，也可能是上帝听到了我内心深处的热切祈祷。

皇天不负苦心人，在某个月黑风高的夜晚，我愣是捉到了一个白大褂头像！

没错！白大褂头像！

没有头，只有上半身，是在电梯里对着反光墙拍的。一手拿着手机，一手插兜，看起来气质老好的……也有那么，一点点帅气。

我点开大头像仔细查探一番，防止是什么学校食堂师傅的微信（毕竟我家住的地方四面环校），怕闹出什么乌龙。

在确认这位仁兄的胸牌和我以往在医院里普遍看到的医生的胸牌无异后，我欢呼雀跃地点开了他的资料。

300 米以内。

地区，嗯，跟我同城。

个性签名，桥都坚固，隧道都光明。哎哟——还挺有格调的。

至于微信名字，就一个字。

如此思忖着，我颇有心机地把自己一开始的金馆长的表情包头像，换成了轻音少女里面的萌妹子秋山澪的头像。

和他打了个招呼，嗨。

然后……没有然后了……

我和手机屏幕面面相觑了大半个小时，对方也没有任何反应。

难道，被，无，视，了？

你要不是为了加妹子你开啥“附近的人”？

思索片刻，我决定转换加人策略。

接下来的认证消息被我换成了呼天喊地地嚷嚷：医生大大求加！我有问题要问你！救命！求救！

为了突出我病情的严重、急切、夸张，我连发了三四条才罢休。

果然，这个方法起到了显著的效果。

我，在五分钟后，被顺利通过了好友验证。

嘿嘿，计划成功。

成功加好友后，我立马滚去他朋友圈翻了一通。果然……很医生的朋友圈，分享的全是丁香园、知乎日报的医疗，医生现状之类的链接。

生活上的东西不算多，但也有一些，算了，先聊天，过会再来找照片！

我切回聊天框，先发制人地问：你是医生吗？

某医生：好像是。

我：真的吗？

某医生：怎么了。

我：可以问你一些医学方面的问题吗？

某医生：什么问题？

我：我好像有点……偏头痛。

某医生：你加我是为了看病？

此话一出，我心里一惊。

——难道他已经看出了我是醉翁之意不在酒，对他别有所图？

算了，还是不装了，交朋友要走心。

为了表达对医生这个职业的喜爱之情，我当即承认：不是。其实，我也没什么病，就是喜欢医生。

某医生：为什么？

我：喜欢医生很奇怪吗？

某医生：现在的人对医生的评价普遍不高，所以有些好奇。

我，一个机智的我。为了让他对我留下深刻的印象，于是，我气势恢宏地搬出了当年渣剑三的时候，拜入万花谷门派的入谷誓词……

我飞快地打字：因为，我为医者，须安神定志，无欲无求，先发大慈恻隐之心，愿普救众灵之苦。若有疾厄来求者，不得问其贵贱贫富，长幼妍蚩，怨亲善友，华夷愚智，普同一等，皆如至亲之想，亦不得瞻前顾后，自虑吉凶，护惜身命，见彼苦恼，若己有之，深心凄怆，勿避艰险、昼夜、寒暑、饥渴、疲劳，一心赴救，无作功夫形迹之心。

接着，我总结陈词：个人认为，能救人于生死的职业，责任感都比较强，而且术业有专攻，从事这个职业的人一般都能静下心来做事。

这么发送出去后，我认为我的这个回答，堪称完美范本。

某医生停顿片刻，淡淡地回……回了什么，我这会也记不大清了，当初的聊天记录也没保存下来。

隐约记得他当时发了个“大拇指”，回得很是谦虚。然后问我：这段词哪来的？

我：呃，我玩的游戏里有一个门派叫万花谷，这是拜门派的誓词。

我觉得他一定是笑了，因为他回了句：你挺有意思的，我一定要认识你。

我在心里狂笑，感谢剑三麻麻、孙思邈师父的助攻……

后来我才知道，这是孙思邈所著的《备急千金要方》里面的一篇文章，名曰《大医精诚》，为习医者所必读。

中医大学期间就学过……某医生肯定早就知道了……

我还洋洋得意、兴致勃勃地高呼，这是我在网游里看到的！想想都觉得丢人……

当晚，我们又聊了一会，他就要去看书了。他和我聊天的内容字里行间都透着一股子正经和疏离……

但我后来还是挺开心的，因为他把我发给他的“我为医者”那段复制粘贴，发到自己的朋友圈去了。

一个字不落，并在下面补充道：好了，骄傲完了，继续看书。

我当即给他点了个赞。

点完这个赞，我又瞬时把他在朋友圈发的所有的东西全都稀里哗啦一条不落地点了一通赞。

点赞途中，还被我挖到了一张照片！还是没全脸！照片中，他穿着一身手术服，戴着口罩、眼镜、手术帽，但隐约露出来的剑眉长目，还真是……挺帅气的。

完蛋了，我的这颗小心脏啊，又“砰砰”直跳了。

很快，我点赞的举动大概把他吓到了，引来了他的注意。

某医生问我：你不睡觉？

我：我的点赞打扰到你看书了吗？对不起！我马上就睡，你怎么还不睡？

某医生：过会就睡。

我：晚安，嘻嘻嘻。

他：晚安。

很久之后，在我和某医生确立关系之后，他告诉我，那天，也是凑巧，他刚上完夜班、回到公寓。因为要考试的原因，他温了半天书，就觉得有点无聊。

他当时居住的小区里大多都住着同医院的同事，他就打开微信里的附近的人，想看看有没有认识的熟人。

他是下午开的，开完就忘了。

结果当晚一打开手机，他就碰到了一位女神经病的狂轰乱炸。

我问他当时收到好友申请的感觉是什么。

他说："感觉再不通过，你就要死了。职业病犯了，所以就同意了。"

我大笑："哈哈哈，是不是完全没想到，最后居然会和这女人结婚了！"

他叹气："是啊，谁会想到，这一生都将落在她手上了呢。"

就这样，在之后的一段时间里，我每天都会和某医生聊上几句，时不时地骚扰一下他。

他好像真的有什么很重要的考试，每天都在看书。

而且干外科，忙到爆，多数上班时间都待在手术台上。他偶尔才得空看下手机。而且，这中间我已经直来直去地把他的个人信息基本都摸清楚了。

除了长相。

我知道他住在我家对面的小区，在某私立医院干外科，29岁了……足足大我五岁。

最开心的是，单身独居，没有对象。

——没！有！对！象！

太开心了好吗！

总之，他很真诚，我问什么他都会如实答复，言辞正经，一点也不像微信上大多会出现的猥琐男。我发过去的信息，他也会回复。

虽然许多时候都不是秒回，但你跟一个外科医生要什么秒回，这不是让人为难嘛。

大概，我也记不得是几天后的某个晚上。我决定进一步加深一下彼此的关系，从每天撩骚三五句变成尽情地唠嗑。

我这人在感情方面特雷厉风行，一旦有想法，就会马上付诸实践。于是，我屁颠颠地跑到微信上找某医生：医生，我可以问你一个严肃的问题吗？

他这次回得很快：什么？

我简单粗暴地提出要求：我可以经常骚扰你吗？但是你上班的时候我肯定不会打搅你的。

然后，某医生拍了张照片给我，他面前的书桌上，摊着一大沓厚厚的书，书上面标注着笔记。

接着，他说：我下周考试。

哦。

对不起，我不知道你下周就要考试了，接下来的一周我绝不骚扰你。

刚打算说声抱歉，并义正言辞地表明一下对他专心考试、马到成功的支持态度和美好祝愿……

他突然又发来一句：明晚可以出去散个步。

啊？

我一时还没反应过来，满心的疑问句式，三秒后才恍然大悟，这难道，是要约我出去见面？

我这个人，在网上老是雄赳赳、气昂昂的，实际上，在三次元里面……略怂。

突然约我出去散步，网友见面，我很慌。我还没做好心理准备。

但我想着，贸然婉拒会显得我特别不真心实意，这几天积累的热忱攻势绝对会因为这个拒绝而打水漂，而我又好想看看某医生的庐山真面目啊……

某医生突然约我出去散步，估计，也是想和我见一面？看看我长什么样？

毕竟我的朋友圈里一张照片都没有。

这里不得不提一下，我当初真是一个大写的心机 girl。

在加完某医生的微信的第二天，我就把自己当年冬天和奶奶学烧菜后，在寒假做的几道相当漂亮的菜肴凑成九宫图分享在微信里，还很不要脸地配字：练练手。

第三天，我分享了村上春树的书（买回来还没看），还去豆瓣抄了段书评，发进朋友圈。

——反正致力于把自己打造成一个宜家宜室、岁月静好的文艺女孩……

我当时思考纠结了一会，最后还是决定同意去散步。

不是不信任对方，但毕竟是一个小姑娘去见大男人，还是晚上见面。

哪怕是最喜欢的医生，咱也要有点保护意识是不是。

于是，我在聊天框里敲下：没问题啊。之后，我针对这次会晤，展开了一段非常缜密的筹划：

1. 要不要叫个闺蜜一起跟上，但带个灯泡会不会显得我特别没诚意，而且不相信他？

Pass。

2. 地点，某公园？ no no no ；夜深人静的小树林？想想都可怕；大街上？太吵了，那就成了逛街而不是散步，而且在大街上也不适合谈心……当然，最好不要离家太远。

我很快想到了一个地方。之前提过，我住的地方四面环校，所以高中母校就和我家小区隔了个路口。

去母校的理由有三：

1. 离家近；

2. 那个时间段学校里很多学生在上晚自习，而且操场上也有不少散步、跑步的附近居民，万一对方是个坏人，也不敢对你图谋不轨，再说我还能大声呼救呢；

3. 校园氛围青葱，更容易打动老男人。

如此想完，我抢占先机，提议：去某中吧。

某医生同意了。

比个 Yeah，胜利在望。

第二天，我把衣柜里所有的衣服、裙子都翻了出来，冥思苦想，今天要怎么穿。

我到现在，还依稀记得那天的打扮。

上身是一件棉料的短袖白T恤，下身是一条黑色短裙，不算学生气，但也没那么成熟。看着好像没什么出挑的，但……还是有点心机。

我那条短裙的腰际是木耳边的，上面t恤很短，短到什么程度呢，就是做某些幅度比较大的动作时，可以隐约露出一点腰。

头发，当然是直男普遍喜欢的黑长直披发。

对了，我还画了个淡妆。

还记得那天是周日，我爸休息，就带我妈、我弟和我去逛街，一直到晚上才回来。在某个茶社吃晚茶的时候，我还发信息给医生，问他有没有吃饭，要不要给他带个包子。

他回：不用了。

我：噢噢，我还在外面，大概八点到家，我们就在某中门口会面吧。

他：好。

结果那天，那个商场的门口在搞活动，我老爹硬要看一会才走，就这么拖着拖着，将近九点才回家。

沿途，我和我爸妈撒了个慌，我说，“爸，你就把我放小区门口吧，我想去洗个头。”

我妈：“你头不油啊。”

我心想，废话，为了今天的会面我昨晚洗了三遍头，能油吗！

我继续面不改色地扯谎：“看看能不能修个头发。”

我爸：“行啊，”他停车，“下去吧，早点回家。”

我长舒一口气，走到车外，眼看着地面全是水，映着黄澄澄的路灯。我赶紧拦住车，说：“把伞给我，防止再下雨。”

我妈从窗内递出一把伞来。伞，真的是个好助攻。

然后我爸车还没动。

你们不走我怎么去私会情郎啊喂！

我：“你们怎么不走？”

我爸：“你老站这干嘛，进去洗头啊。”

我：“好的。”

然后我往那家我常去洗头的理发店小跑过去，进了门，回头，才看到我老爹的车扬长而去。

松一口气，也不管店主用什么奇怪的眼神打量我了，我再一次溜出去了。

往某中走的时候，我的心跳得好快，超快！

过十字路口，红灯，我掏出手机给某医生打电话，打算通知他可以出发来某中门口会面了。

至于我怎么有他电话号码的……

是这样的，昨天达成会师协议后，我问，晚上出去散步后怎么联系你呢？我有时候不看微信，万一你也不在微信……

他直接回了一串自己的手机号。

顺利 get 男神手机号。

手机一拨出，我的心跳得更快了，因为过了这个路口，没几步就是我高中了。

交通灯转绿，电话也被对方接通了。

我说：“喂？是……某医生吗？”

他说：“是我。”

他一开口我就跪了好吗，也不是多磁性、好听，但我那会立刻把手机从耳边拿下来看屏幕，想看看自己是不是打错了。

因为他的声音超年轻！一点也不像一个 29 岁的老青年！

像大学生！

我走得气在喘：“我马上就要到某中门口啦，你也出发吧。”

某医生：“我已经在这儿了。”

这么早！起码让我再做点心理准备成不。

但面上还是笑着回：“是嘛，让你久等了，我还有几步路就到了，对了，你有什么标志性特征吗？”

他说：“我刚骑车回来。”

我：“自行车？”

他：“对。”

我：“好哦——你等着，我马上就到，先挂电话。”

——要知道，我当时心跳得自己的神智都没法跟上了。

我往某中走，看到门口排满了学生的自行车，根本没什么人。

胸口小鹿乱撞，快到某中正大门的时候，我停了下来。

因为……基本确认，前方五十米处，路灯下面，有位骑着山地车的瘦高个青年，就是某医生。

心脏真是一瞬间快从喉咙里跳出来……

与此同时，他也回过头，看见了我。

我用鼻子深呼吸，告诉自己：不能怂，不能怂。

我继续一步步朝他走近，并且得体地笑着，因为人家一直在看我……等我过去。

最后，我停在他面前，脸都僵了，简直没办法说话，过了一会才仰头开口：“你是某医生吧？”

他：“你说呢。”

我的脸突然一瞬间爆红：“咳，那个，你等好久了吧？”

“没一会。”他回道，然后就微笑了……微笑了……笑了……

当时的感觉，让我炸成烟花吧……

医生那时候身材不错，个子高，目测有一米八，这给他加了不少分。

而且五官端正，气质沉稳。他戴着一副无框眼镜，头发漆黑、不长不短的。整个人文质彬彬的，充满书卷气。

他眉眼也生得好，剑眉，眼窝深，眉骨高。

眼尾微微下垂，看着温温润润的，没什么杀伤力，笑起来，能发现眼睛下边还蜷着小卧蚕诶。

后来给表妹看过他的相片，表妹说，一看就是当医生或者当老师的，很正经儒雅。

而我一直喜欢的，刚巧就是这种斯文眼镜男。

可能是晚上，路灯昏暗，看人不甚真切，反正，都是月亮惹的祸。

他一笑，像在我心里砸下了一大片的银河，让我整个人产生了失重般的眩晕感。

我居然觉得，帅呆了，啊啊啊啊啊啊啊啊！

捂大脸。大概，这就是，一见钟情的感觉。

我一直在笑，至于笑什么，鬼知道。

某医生看着我："去哪儿？"

我还是笑："就去我高中的操场散散步？"说完，鼻尖一凉，老天助我，真下雨了。

"行。"某医生单手推车，把山地车停在了校门外的车棚里。

在微信上认识的这段时间，我曾把他的朋友圈反复琢磨过许多遍。

知道某医生喜欢骑山地车，还加了固定的车队，每周都会长途骑行一次。

爱打羽毛球，办过健身房的卡，经常去打卡。

还有，经常去电影院看电影，下夜班后，或者放假，一个人看，差不多也是每周一次。

他的生活作息很规律，每天晚上十二点睡，早上七点起，午睡一个半小时。

我曾和他说：我还以为你们医生能睡得更早、更注重养身呢。

他答：值夜班习惯了，睡太早反而容易失眠。

此时，某医生停好车，走回来。

雨丝已经有些绵密了，我的伞终于能发挥作用了。

心机的我抬抬手里的折叠伞，装作随意一提：“我带了伞，我们一起打啊。”

他说：“雨不大，没事。”

不知道是在婉拒和我亲密接触，还是因为初次见面，怕两个人待在一柄小伞里太唐突。

他越是往后退，我就越是要跨近一步。

抖抖伞，我和他往校内走。

我拧着眉毛：“雨越来越大了。”说着就撑开了伞面，太好了，正合我意，是一柄小伞。然后，以迅雷不及掩耳之势，挡上了某医生的头顶，好像四面八方不是毛毛细雨而是滂沱暴雨一样……

某医生没再说什么。

而我，连续跟在他身畔好几步，他个子高嘛，我就刻意做出抬得好辛苦的样子。

果然，他停住：“我来打吧。”

话罢就接过伞，稳稳当当地撑在两人头顶，咦，好像还有些偏向我这边？

我说：“你也往自己头顶挡挡啊，本来就不想你淋雨的……”

某医生失笑：“好。”

就往自己那挪了一点点，大多数伞面还是留在我头上。

我抬手，把伞柄往他那边拨了一下，不想他淋到。

某医生：“干什么？”

我说：“它说，不想歪着，做人要笔直端正。”

医生笑：“它是伞。”

我耍无赖：“不管，反正你别这样打伞，我心里会愧疚的。”

医生果真不再动伞了。

雨意微凉，心里却暖暖的。

两个人走到操场。400 米的大操场，好久没回到这了，还有些小怀念。

我们就围着操场走了一圈又一圈，对喜欢的人，我都比较健谈、话唠、自然熟。

我最担心的事就是尴尬冷场，所以叽里呱啦地和他说了好多好多，还聊了高中的事，指着教学楼，跟他说我以前念书的教室在哪一间。

他也是好脾气，一直耐心地听着，应着，答着，似乎不知道厌烦。

伞太小，散步途中，我的手臂经常会擦到某医生的手臂，视线微斜，悄悄瞄一眼……

某医生肩膀宽厚，狭小的范围里，浑身散发着雄性荷尔蒙的气息。

超强烈……搞得我各种心不在焉，心猿意马，无头苍蝇一样地胡乱找话题。

我的嘴角就没撇下去过，一直在傻乐呵。

那天，具体聊了什么我也记不清了，唯一记得的，就是谈到他的职业。

他跟我说，当初实习工资很低，也辛苦，并不是很喜欢这份工作。

工作一年后，他有一次外出办事，乘公交，碰见了自己的两个患者，已经出院了。

车上当时没空位，那两人看见他，立马站起来，说某医生好，一个劲地要给他让座。

他那时就笑笑，婉拒了他们的好意，自己去后面站着。

售票员来打票时，那两人拦住她，指着某医生说，自己人，并帮他一道付了车钱。

就几块钱，当然很微不足道。

但后来，不管医患矛盾再严重，医生这个行业再怎么被无良媒体大肆抹黑，社会上许多人对他们再怎么不理解有偏见。一想到这件事，某医生就认为，当一名医生是值得的，这个岗位值得尊重。

天哪，他当时用那种很波澜不惊的语气，跟我陈述这件小事的时候，整个人好像在发光啊……就是那种柔光，让我完全挪不开眼。

也是那一刻，我决定，不能再拖了。

今晚，我要把他拿下。

原谅我作为一个 B 型血射手女的疯狂。

我以为，哪怕一个人还没完全向你展现他的所有，但现在，你动心的此刻，其实就是最好的时候。

没人能踏入同一条河流两次，每颗星的闪烁也不会雷同。

你不能保证下一秒，是否比这一秒还要美好。

所以，义不容辞，把握当下。

我到现在都特怀念那个环形的塑胶跑道，一圈一圈地，走下去，仿佛不会有尽头。

不知道过去了多久，小雨渐止。

某医生问："走得累吗？"

我："什么？不累啊，完全不累！"

某医生笑，收了伞："出去吧。"

"要回家了吗？"我语气哀怨。

某医生："挺晚了。"

我嘟囔："不想回去……"是真的不想回去，感觉才过去了几秒钟，仿佛就眨了一下眼，怎么就要分开了呢。

我卯足了劲拖延时间："我们再去哪儿坐坐？这附近有个面包店，可以坐下来喝点东西。"

某医生略作思忖，说："好。"

小面包店就在我高中的马路对面。

小小的一间，里面就两张桌子，灯光是橘色的，一推门就是扑鼻的面点甜香味。

柜台妹子问我们要什么。

我说：“奶茶吧。”转头问某医生，“你喝奶茶吗？”

他说：“不喝。”

我说：“那你喝什么？”

柜台妹子说：“晚上只有这个了。”

我：“只有这个。”

某医生：“那不喝了。”

我：“真的一口奶茶都不喝啊？就当陪我喝一杯？我请你好啦。”

他叹气：“好，那就奶茶。”

我：“嘿嘿。”

面包店里甜香四溢，我和某医生面对面坐在小方桌两边。

我的脸颊一直热乎乎的，不大好意思和他对视。

可聊天嘛，不正视对方，又显得不太礼貌。

于是我就说一句，垂眸瞥下他的奶茶杯，再看他一会，再瞥奶茶，再看他，就这么循环往复……

途中，医生手机响了下，他拿出来看了眼，就摆在桌上，没再放回去了。

他忽然问我：“你多大了？”

我：“24，没几天就大学毕业了。”这是我虚岁，为了拉低和他的年龄差。

他：“90后么？”

我：“对啊，90后有什么问题吗？”

他：“年纪太小了，和你有代沟。”

我开始得心应手地吹牛：“我以前做过测试，我的心理年龄是29岁，跟你是同龄，所以我们不会有代沟的。”

——其实我从未做过此类测试……

某医生来了点兴趣，拿起手边的手机，开网页，也正儿八经地搜索年龄测试。

他垂着眼，镜片和睫毛一起，在眼睑下方盖了影子。

某医生一丝不苟地做题，没多久他就提交了，转而把手机屏幕推给我看，没发一言。

我定睛看他的测试结果。

您的心理年龄是，39岁。

39－29＝……10，10年？什么鬼测试，搞得咱俩代沟更大了！

我无言以对："……这个……呵呵呵，其实这种测试也不是特别准，每个网站跟每个网站都不同。"

我打哈哈，心里却在扶额。

总之，快点让这个话题过去吧。

某医生就看着我，脸上有笑，浅浅的。

像被人捉住了心事，我目光闪来闪去。

怎么办，他越是这样，我就越发不敢直视他。

在面包店坐了大概半个小时，某医生低头瞄了眼手机，说，马上十点了，回去吧。

我这才大惊："十点了？！"

感觉才见面几分钟……

他看我："嗯，你该回家了。"

我迟钝地应着："噢……"

虽然很想再跟他多待一会，但人家明天还要上早班，我也不能给他留下自己喜欢跟异性在外面待很晚的坏印象。

某医生取车回来，我纠结了一会，小声说："你能送我回家吗？"

还想多跟你说会话，顺便，达成今晚的宏伟目标。

他自然地回："送你不是应该的么？"

我能听见自己的嗓音立马明亮了好几度："真的啊？"

他颔首。

"对啊对啊，反正也顺路，是吧。"我接着找各种合理的借口。

他继续颔首。

回来的路上，医生还是单手推车，在我身边走。

路灯把我们的影子拉得很长，进了我家小区后，眼瞅着没多少时间了。我得赶紧把我那昭然若揭的小心思亮出去，我问："你以前有过女朋友吗？"

他没直接回答，只说："我都快三十了。"

超喜欢他的坦白，对啊，又不是言情小说，一个正常男性，快入而立，还没感情史绝对有问题。

我一点也没感到不舒服，回道："哦……那就是有咯？"

他坦诚："大学里谈过一个，毕业两年后分开了。"

我用力闭了闭眼，作视死如归状，问他："那你觉得我怎么样？"

某医生顿步，客气地评价："很好啊。"

我当时并没有意会到这是"好人卡"的前兆，还沉浸在被褒扬的喜悦中。

我继续兴冲冲地询问："那有没有一点像你的下一任女朋友呢？"

某医生就那么看了我一会，沉默片刻，只听他语气温和而疏离道："就算做不了伴侣，也可以当朋友。"

没办法做伴侣还可以做朋友……

做朋友？

两秒后，我恍然大悟，医生应该是在婉拒我……心一瞬间坍塌到谷底，我负隅顽抗："真的不再考虑一下下？"

顺便用拇指和食指比出一个小小的缝："就一小下，说不定一会就改变主意了。"

某医生说："太快了。"

我说："我也觉得快，可我怕你回去后就不理我了。"

某医生："不会。"

我语气放低："真的好怕你回去后就不想搭理我了，所以心里有点着急。"

某医生叹气："等你先毕业，等我考完试，再说，可以吗？"

我语气再低三度："哦，行吧。"

如果说，一上来见到某医生的我是个饱满的气球，那么此刻的我，一定完全泄了气，整个人都蔫巴得要死，沉默地走在他旁边。

他一直没说话。

到了我家住处的岔道口，我说："拐个弯就是我家了。"

医生说："送你到门口。"

我没吭声，步伐无力，趿着鞋往家走。

某医生也静静跟着。

家后门的灯是亮着的。

我说："到了。"

某医生："好。"

我仰头问他："你要走了吗？"

他说："对。"

我真的太担心了，又问："你回去不会不理我吧？"

他说："不会。"

"好吧，"我当时脑袋不知怎的，抽了一下，突然问他："我能抱你一下吗？"

某医生："……"

然后他迟疑少顷，停了车，完全面向我："抱吧。"

我……我就，不假思索地，一头扎他怀里去了。

他单手在我背后轻拍了一下，就放开了。

像是在安慰我，以一种相当规矩的方式。

我也搞不懂，当时心里特五味杂陈，以至于这个短促的拥抱也让我激动得鼻头发酸、眼眶灼热。

我觉得某医生对我格外客气，提什么要求，他都会答应。

——纯粹是在照顾小女孩的情绪。

也正是这样，我会觉得他离我很远，给我的真实感还不如微信上那个没见面的他来得强烈。

我放开他之后，他就准备走了。

他说："再见。"

我："再见。"

某医生推车走出去几步。

看着他孤独的背影，我双脚没来由的产生一股劲，血又往脑袋上涌，我追了上去。

事后想来，那种突如其来的力量和冲动大抵来源于我的不甘心，不甘心被拒绝，不甘心看他调头，渐行渐远。

我小跑到他旁边，仿佛那只瘪掉的气球又被刚才的一个拥抱给黏住了缺口，重新填满了氢气。

我来了精神，斗志昂扬地说："礼尚往来，你都送我回来了，我也送送你吧。"

某医生："……"

估计他对我非常无语，但他还是同意了。

这个同意太鼓舞人心了好吗，我当即确认，他也舍不得我。

如果只是担心小姑娘走夜路，他完全可以再委婉而礼貌地把我像赶小鸭一样赶回家，而不是再纵容我陪他走一段。

我们又往小区的西门走，那个门的对面就是医生居住的小区。

路上，我说："我觉得你特别好，被你拒绝，我肯定有点难过的。"

某医生："才见一面，你知道什么是好？"

我："女人的第六感是很准的，反正，你拒绝我我很难过，我特别怕你回去就不理我了，因为你会觉得，这女的好怪啊，怎么才见面就表白，才见面就一定要个说法，"我很爱演地打冷战"呃"了一声，换男人口吻："我以后再也不要跟她联系了，太可怕了。"

某医生："不是拒绝你，考试后，我会给你一个答复。"

原来他怕现在就确定恋爱关系会影响考试么？

我问："那你考试还有多久？"

某医生："一个月。"

我呜呼哀哉："啊……那我接下来一个月都没办法好好睡觉了。"

某医生不再作声。

我就又切回 sad 沉重脸模式，划拉着步子跟在他身边。

我和医生很久都没说话。

四围静谧，被雨水洗涤过的夜色里，只听得见草丛里窸窣的虫鸣。

也就是这个当口，我依稀听见旁边的人重重地叹出一口气。

然后，我的手，就被拉住了……

被医生拉住了啊！

如果脑电波可以用标点来形容，那当时应该是这样的——

？？？

！！！！！！！！！！！！！！！！！！！！

路忽然都没办法走！心跳剧烈！简直快要从胸膛破出来！

只因为，某医生牵了我的手。他掌心温热，握得有些用力，可能也在紧张。

我侧头，想要偷偷瞄他一眼，却发现他正垂着眸，也在看我。

他的眼睛映着灯火，漆黑发亮。

我飞速收回视线，我的妈呀，两颊一下子变得好烫，几乎想全捂住，没脸再见人……

一晚上都在啰哩吧嗦侃侃而谈的我，一时间都忘了该怎么说话。

嘴是怎么张的？完了，全忘了。

某医生也没忙着解释什么，只是牵着我，走了一段路，才平静地说："我们外科医生，说话都喜欢留条后路，做手术前，也不会和病人家属承诺什么，把话讲得太绝对。"

我嚼着他这段话的意思，是在解释刚刚一直不好直接答应我的原因吗？

我的语言功能一下子回归本体，我说：“但是手术一般都会成功的啊。”

某医生回：“也是。”

他话里有笑意，搞得我整个人都要发光了。

继续走，走，走。

沿途，我晃了晃和他交握的手，怪不好意思的，把人家成熟稳重的大龄青年逼到这种程度，一定要表个态才罢休。

我开始放马后炮：“是不是有点太快了？”

某医生：“是太快了。”

我真是得了便宜还卖乖：“那你不还是拉我手了。”

某医生：“算是给个承诺吧。你一路上，都说了十几次我回去后万一不理你了怎么办，我不会不理你。”

我嘿嘿笑：“好开心哦，像在做梦。”

某医生不发一言。

我继续傻笑：“真的开心死了，特别像在做梦。”

对啊，谁能想到，真的有个医生此刻就被我握在手掌心了呢。

某医生瞥我一眼：“这句话，你也说了很多遍了。”

送医生到那个分别的大西门的时候，真的太晚了，必须道别了。

他才松手：“你回去没问题？”

我：“没问题。我们小区物业、治安都挺好。”

某医生：“那你现在回家。”

我：“你呢？”

某医生：“我也回去。”

于是，我掉头，跑出去几步，又立马冲回他身边，高嚷着“舍不得，人家舍不得”。

某医生莞尔。

这么来来回回，据估计，起码有十多次。

不知怎的，小区的狗都叫了。

某医生摇头："狗都看不下去了。"

我冷哼一声："它肯定是单身狗，说'汪汪汪秀恩爱死得快'。"

医生失笑，注视着我，眼睛弯弯的："真是捡到宝了。"

我回："活宝么？"

他说："对。"

可是再舍不得，也已经太晚了，必须要道别。

我最后只好怏怏地离开啦，还说了句"回去给你发微信噢"。

某医生："好。"

往家里走的路上，其实就两百米路吧，前十米，我走一步就三回头，看某医生有没有转头离开。

他还站那。

走出去五十米，他还是站在路灯下目送我，一动不动地。

总觉得，身侧的每盏灯都变成了小太阳，心里特别暖。

与王先生的二三事

文 / 阿逸

一个狂放不羁的作者。

文字欢乐温暖，脑洞层出不穷，大脑常年漏风。

微博 @阿逸——

01

很多年前，我是一个普通的废宅，在大学念大一时，认识了一个男生。

我们认识几天就在一起了。

从此，我变成了一个有男朋友的废宅。

因为他姓王，还是男的，所以我叫他王先生，有理有据。

没有你追我、我追你，没有互相试探、猜测，甚至连对方家里是做什么的都还没搞明白，我们就在一起了。

当时他耿直地问："你当我女朋友吧？"

我："好。"

事情就这样成了。

决定之迅速果断就如同我们降生时脑内被植入了一段名为"要在一起"的程序，而我们见面时互相激发了这段预设的程序，接着大脑冷静地发出指令，于是我们就在一起了。

简而言之，一见钟情。

02

据说一见钟情是看脸的……

可是很多很多年后，当我们再谈起这件事时。

王先生：“当年我都没好意思和你说，我们俩刚在一起的时候你也太难看了。”

我：“你自己也没好到哪去好吗？你快醒醒！”

王先生：“我第一次见到你的那天，你穿的裙子是你妈的吧？”

我：“你那天穿的裤子才丑瞎了好吗，那裤子是你爸的吧？”

王先生一脸嫌弃：“还有，当时你那妆化得……”

我：“当时你连胡子都没刮！”

王先生：“我胡子不刮也不明显。”

我：“明明很明显！全世界只有你自己觉得不明显！”

于是暴风互怼三百回合。

一见钟情要看脸？不存在的，当时我们都没有脸的。

只可能是真爱了。

03

在一起之后，我们开始谈恋爱。

异地恋，两所大学在两个城市，平时见面都有难度。

有一次他们专业的学生集体来我的大学所在的城市实习，不过实习地点离我的学校特别远，因为我的学校不在市区内。

王先生抓住这个见面的机会，坐出租车来找我，到的时候已经很晚了。

出租车车费就要一百多，可见是真的远。

太晚了，也没什么约会的地方可去，我们只好去学校对面撸了个串。

烟熏火燎的，油腻腻的小桌，并不浪漫。

撸完串，王先生回去了。

王先生忧伤地说：“我这么来回折腾就为了陪你吃个串。”

我一拍大腿：“太值了！”

王先生：“？”

04

在一起之后，王先生非常喜欢向我炫耀他的高贵会员……不，党员身份。

王先生：“我是党员。”

我：“好的知道了，下一个。”

王先生：“我班上没几个入党的。”

我：“喔。”

王牌复读机：“我是党员。”

就是在向我炫耀，虽然我并不羡慕。

我：“我不想入，我是一个不良少女，谢谢。”

王先生傲然道：“你想入也入不了啊。”

我：“……”

分手吧，好吗？分手吧。

05

可是并没有分手，正直党员与不良少女神奇且磕磕绊绊地把恋爱谈了下去。

于是某天，我突发奇想。

我：“我想去文身！文你的名字，再文一朵花！”

王先生：“别了吧。”

我："我想文，我要文，我必须文。"

王先生："好吧……那我也文个你的名字。"

我："不，你别文，我自己文。"

王先生："为什么？"

我："你是党员，党员就不要文身了。"

想不到吧？！在这等着你呢，党员同志！

王先生："……"

王先生："但是你文我，我不文你？"

我："别太在意，其实我主要是想文那朵花。"

王先生："……"

我："而且文身可以洗啊，如果分手了我就去洗了。"

王先生："……"

06

王先生是热血上进的三次元，我是宅腐二次元。

某一天，王先生一脸惊恐地看着我的同人本："你怎么看这种东西……"

我："朋友你听说过'搞给'吗？"

遂科普。

我："懂了吗？嘻嘻嘻嘻。"

王先生发出马景涛式咆哮，其绝望之情就好像我其实是某个要毁灭全世界的大反派："你怎么喜欢这种东西？！为什么？！你怎么能这样？！"

我抱着我的同人本翻滚来翻滚去："嘻嘻嘻嘻，好萌。"

王先生痛心疾首："你太可怕了！"

几年后——

王先生："哎，我想到一个梗，你可以放进你的小说里……"

我一脸惊悚："你开了个'搞给'的脑洞？你还好吗？"

王先生：“你不是喜欢那些吗？我给你讲就按你的来了。”

我：“……”

这个故事告诉我们，爱是包容。

07

作为一个无药可救的、阴郁的死宅少女，我是很懒的。只要我想，我可以一年不出门。

相信我，我能。

但是王先生就不同了，他是个运动少年。

起初，他想改变我。

于是他就大早晨丧心病狂地把我弄起来，让我换上运动服，和他出去跑步。

王先生：“我跑五圈，你跑两圈，精神一点儿！动起来！一二一，一二一，让我看到你的活力！”

我瞬间“死”在操场上。

王先生：“……那你至少跑一圈。”

我持续“死亡”。

王先生：“半圈行了吧？跑半圈肯定没问题。”

我凉了。

王先生：“你绕着操场走走总行吧？”

我原地满血满蓝复活，走了起来。

王先生：“唉你真是……”

08

某一天，我回想起我们在一起的一幕幕，觉得很奇怪。

我：“你为什么喜欢我？我们根本就合不来啊！”

王先生：“可能是你性格好吧。”

我：“我觉得我最烂的就是性格了啊？！”

王先生宛如被当头一棒：“你性格很温柔啊。”

我：“……”

这就可以说是真爱了好吗，我这天怒人怨的可怕性格。

09

有一次，王先生和我讲他的一个熟人。说着说着，说到网名。

王先生：“他的网名叫提香，你知道提香吗？”

我：“知道啊，画圣母升天的那个。”

王先生：“我就喜欢我一说什么你都知道的样子，这种时候我就觉得你比美女还有魅力。”

我：“哦呵呵，所以你的意思是，我不是美女？”

王先生：“不是那个意思……”

我：“好了，你不要解释了。”

王先生：“……”

这个故事告诉我们，如果长得不好看，靠多读书也能找着男朋友。

10

因为觉得是真爱了，所以大学毕业后，我们迅速地领了证。

我：“有什么感想？”

王先生看着结婚证一脸沉痛：“这辈子我就砸你手里了。”

我：“……”

不！这一点儿都不浪漫！离了重结！

11

结婚之后，就有了宝宝。

很辛苦地怀啊怀啊……

怀孕初期的妊娠反应中有一项是嗜睡，刚开始孕妇会非常非常能睡。

有一天我从晚上九点一直睡到第二天早晨七点。

睡着睡着，王先生突然很紧张地把我摇醒了。

王先生："醒醒，你醒一下。"

我："干什么啊……"

王先生："吓死我了，你从昨天晚上开始睡到现在，身都不翻一下，连姿势都没变过！我早上起来还以为你死了！"

我："我这是睡得香啊！"

王先生心有余悸地碎碎念："但是你真跟死了似的……"

我："而且你可以拿手指试探我的鼻息啊，为什么要把我叫醒？"

王先生无言以对。

我生气地继续睡了过去！

12

后来小孩子就出生了。

胖乎乎的，小肥肉可好捏了。

生完孩子我有一段时间是天天待在家里的，经常闲着没事做，很无聊，就开始写小说。

然后越写越觉得有意思，读者也渐渐变多了，我就开始把写小说当个正经事儿了，也好意思告诉别人我在写小说了。

王先生欣慰："我老婆是大作家了。"

我："哪有啊，就是个小写手，而且我写的这些傻白甜没什么深度，当不起‘作家’这个称呼的。”

王先生认真地说：“但你将来肯定是大作家，我只是提前这么叫你，有问题吗？”

我：“可以，没问题，马云。”

王先生：“……”

我：“你将来肯定也会那么成功的。”

从此以后，王先生去哪都骄傲地对人说：“我老婆是作家。”

13

考虑到将来小孩长大以后的居住空间要更宽敞，我们开始物色新房子。

看到一个超棒的房子，但贵得超出预算。

王先生：“就这个吧。”

我：“这个太贵，有压力，要不等等，等钱多了再说……”

王先生：“等等就卖没了。”

我：“那就买别的。”

王先生：“就这个，三楼整层给你装成书房，晚上你可以在天窗那里看星星；花园里弄个小桌，再给你撑个伞，你没事可以在花园里写小说。”

王先生很坚定地说：“我一看见这房子就觉得你应该住在这儿。”

于是事情就这么成了。

14

因为我死宅不运动这个毛病，王先生真的每天都要说我八百遍。

王先生：“你别打游戏了，起来动弹动弹！”

我：“嗯……”

王先生：“你好歹下楼散步五分钟，五分钟而已。”

我：“好……啦……知……道……啦……这……把……玩……完……”

王先生：“好像一般都是男的玩游戏女的生气，我们怎么反过来了？”

我：“哈哈哈哈哈对啊，好玩儿。”

王先生再次发出马景涛式咆哮：“你给我运动！运动！要是你年纪轻轻就死了怎么办？！”

我边打着游戏边说：“升官发财死老婆，哎哟，不错哟。”

王先生：“这可是你自己说的。”

我：“露出真面目了吧？我死了你就可以找小姑娘了，啧啧啧。”

王先生：“你要是死了我就跟你一起去死。”

我拍案而起：“好！为了你的生命着想，我得多运动！”

15

新房子装修。

装修我是什么都不管的……毕竟我还要管孩子！而且还是个调皮的男孩子！带孩子也很累的！

王先生就天天和我说他的装修构想。

王先生指着装修图纸说：“地下室给你放台跑步机，你走路、跑步都可以；这面墙做一面大镜子，这放一块瑜伽垫，你可以对着镜子做瑜伽……”

我兴趣缺缺地抠鼻屎：“哦。”

王先生：“都不用你去健身房，你能走到自己家地下室就行，别告诉我你连地下室都懒得去。”

我用将死之人的声音说：“还要去地下室啊……”

王先生凶狠地瞪了我一眼！

我：“嘻嘻。”

王先生继续说：“地下室另一半是游戏区，这里放电视，下面给你摆游戏机、PS4、x-box……x-box 可以玩体感游戏，到时候你要是实在不爱锻炼玩玩体感游戏我也算你锻炼了。”

我疯狂地鼓掌："哇！这个好这个好！"

王先生再次凶狠地瞪了我一眼！

非常可怕，我真的要开始锻炼了，不然我觉得总有一天忍无可忍的他会在一个月黑风高之夜悄悄杀死我！杀得死死的！然后埋在院子里的李子树下面！

16

王先生一直有健身的习惯，每天跑步这件事他坚持了十几年。

最近他开始系统地练习肌肉塑型。

然后就向我炫耀。

起初，是这样的——

王先生："你摸摸我这肌肉。"

我不遗余力、丧心病狂地赞美："哇！厉害！硬得像石头似的，这居然是胳膊吗？人类可以把肌肉练得这么硬吗？哇，这么结实，这简直就是中国版美国队长好吗！给你鼓掌！噼里啪啦噼里啪啦！"

然而，随着时间的推移，我就看腻了……

王先生："你看看我这肌肉，这是肱二头肌，这是肱三头肌。"

我心如止水。

我："哇塞厉害了，下一个。"

王先生："看这胸肌。"

我："哦。"

王先生："这腹肌。"

我："嗯。"

王先生："你摸摸，来，你摸摸。你看啊，你快看。"

我："我一天要看你八百遍！看得眼睛都起茧子了！还要我看！"

王先生："哼。"

在外面吃饭，吃着吃着，王先生突然站起来，炫耀肌肉：“你看我这练的。”

我咆哮道：“你坐下！”

真的，就仿佛看到了一只开屏的雄孔雀……

17

我：“哈哈哈！我微博里居然有人说你是霸道总裁！哈哈哈太逗了！”

王先生：“什么霸道总裁？我是霸道总裁吗？”

我：“不不不，你不是霸道总裁。”

王先生好奇道：“那霸道总裁什么样儿啊？”

我：“霸道总裁就是……比如说动不动就邪魅一笑，一边嘴角翘起来，另一边不翘。”

王先生嘴角一翘，露出一个又红又专的耿直笑容：“这样吗？”

我：“哈哈哈，不是的！哈哈哈，你邪魅不起来的！”

王先生：“我长得太正直了。”

我：“是的，你这张脸一看就感觉是个三好学生，让人想给你发奖状！”

王先生一脸正直地说：“一看见我，什么邪魅、什么妖魔鬼怪，都得退散。”

我笑趴在地：“哈哈哈！对对对，是是是！”

——钢铁直男无误。

18

时至今日，我和王先生在一起将近十年了。

这是一个没有结局的故事，因为我们还活着。

故事的结局要在往后的岁月中慢慢浮现出来，可以确定的只有此时此刻，我们正过着幸福的生活。

这个故事的前半段告诉我们，一定要和自己喜欢的人在一起。

这个故事的后半段，未完待续。

意大利初恋日记

文 / 草灯大人

人气悬爱作家。

喜好世界与你，知足常乐的美少女。

一封情书献给你，毕生挚爱。

敬启，我的初恋零君：

与你热恋至今已有六年，从我未成年到成年，从我懵懵懂懂不知爱的年纪到现今羽翼丰满、也知人情世故的年纪。

之所以给你拟名“零君”，是因为你简简单单的像是一张白纸，又称Zero。

初次见到你的时候，是在某个意语班上。

那时候我刚出国，人生地不熟，也不会语言，特意去了补习班学习口语。

补习班是热爱中国文化的修女与神父开的，教课的老师是意大利人。所以，请了一些擅长意大利语的中国翻译在一旁协助授课，你也是其中之一。

第一天上课，看到授课老师是意大利人，我当场就蒙了。正想着该怎么意会异国单词的时候，你就这样闯入了我的视线里——既不是盖世英雄，也没有光芒万丈。

隐约记得你穿着白色长袖、牛仔裤，单手抵着门框，气喘吁吁地说道："不好意思，我迟到了。"

我逆光望去，倒没怎么看清脸，只知道声音很好听，至今仍有印象。

01

和零君玩游戏，打到一半，他总给自己加戏，大义凛然道："给你自己加血吧，虽然我知道你很想保护你的老公大人。"

我回敬他一个含情脉脉的眼神，又憋了一会儿才出声："我本来就是给自己加的血。"

"……"

零君沉默了，这女朋友真是自己的？

02

我有鼻炎，一年四季攥着纸巾。

鼻塞的时候，鼻音重。

零君一脸嫌弃："啧，又流鼻涕了。"

来家里玩的堂弟一愣，接话道："我没流鼻涕啊！"

他冷笑："你有没有鼻涕关我屁事？"

我没敢吭声，堂弟在一瞬间，被"万箭穿心"。

03

零君的堂弟要回去工作，临走前，他背对零君，低语："有没有什么遗忘的告别礼？"

零君："没有，快滚。"

"……"

听闻此事的我陷入了深思，堂弟是不是单身单习惯了，脸太厚了。

04

等车时，和零君打电话。

他突然细语了一句："我去厕所，小号。"

我敷衍地应了两声，突然，脑内灵光一闪，朝他大喊："公厕很脏，你记得不要坐下去！"

那厢，零君沉默了半晌，一字一句地，委婉提示道："我又不是女孩子，不用坐……"

"……嗯？"我愣了半分钟才反应过来。为了掩饰尴尬，面红耳赤地咳了一声。

05

我禁止零君早起煮早餐带给我，希望他能利用那半个小时，多睡一会儿。

因为他的身体很差，有些问题，医生勒令他要比常人多睡一会儿，否则很容易出现状况。

零君不情不愿地答："那你陪我一起早睡不就好了？"

我摇摇头，拒绝道："可我晚上有必须要做的事情！"

他挑眉，意味深长地重复道："哦？必须要做的事情？"

这厮目光不善，光是一眼，我就知道他内心打了什么小九九。

于是，我义正言辞地回道："码字！"

等等，你都想了什么！

06

零君有时候不甚浪漫。

我在路边看到一颗完好的红苹果，扯零君："毒苹果！"

他瞥我一眼："你《白雪公主》看多了？真把自己当公主了？"

“我本来就是公主。”

“……好好好，你是我的小公主。”

07

我喜欢在微博上晒自己的生活。偶尔零君给我买了饼干，我也要拍照发上去。

有一次发了微博，不知为何，我有些担忧——因为这次晒的烤鸡和饼干并不贵重，唯一的价值也就是它们是零君精心挑选回家的。会不会有人觉得我生活乏味，连这个也想晒。

零君看我一眼，突然郑重地说道：“你开心，晒东西，是因为喜欢的人买你最爱的东西给你，他随时随地都将你放在心里、知道你的喜好，和物质本身的价值并无半点关系。”

仅仅几句话，让我茅塞顿开。

零君不愧是我的人生导师。

08

下雨了，明明有两把伞，零君只提了一把，走到雨里。

我犹豫不决，站在台阶上，一动不动。

他淡然道：“过来，挽着我，不然会淋湿。”

“……”我欲言又止，可明明有两把伞啊！

心机零！

09

上课了，我们得分开，可我还想和零君聊天。

于是，我扯着他的衣服不让他走。

零君瞥我一眼：“再这样，我喊人了！”

"……"

算，算你狠。

10

零君要去外地，我很舍不得，也担心他会看上热情似火的"小野猫"。

于是当晚与他促膝长谈之时，我认真叮嘱他："你要知道，一个女孩子无论多好，只要她在你有女朋友的情况下，还在你面前尽情地展现她的好，那么她就是白莲花、绿茶婊，绝无二话！"

零君愣了一下，笑开来："完了，我家小宝贝把我当傻子了，我可是有老婆的人。"

我愣了一下，脸上开始发烧。

老……老婆?

不，不要脸!

11

有时候我赖在零君家不肯走，要是之后再骑车回去会走夜路，他不放心。

于是，零君意味深长地说道："再不回家，等一下就回不了了！"

"……嗯？"我迟疑了一会儿，顿悟——不行，这厮有诈，还是快回家比较好。

12

零君可糙了，平时虽然爱干净，却从不保养。

于是，只能由我来操心，帮他擦面霜。

我："最近你的皮肤变好了很多。"

他笑道："那你是大功臣了，朕要给你赏赐。"

"嗯？"

话音刚落，他凑过来，亲了我一下。

13

说起来，在我刚出国的时候，我是住在表哥家里的。

恰巧，我表哥是零君的朋友。和他一起回家的时候，表哥偶然贱兮兮地提起一句：“我家来了一个小表妹，还挺可爱的，不去看看？”

零君鄙夷地看他一眼，估计觉得这人实在可恶猥琐。

他家的表妹，他去凑什么热闹？

于是回绝了。

偶然翻起旧事，零君扼腕长叹：“如果那时候去他家了，会不会再早一点认识你？再早一点恋爱？”

我的内心：你还嫌认识得不够早是吧？一手养大的小妹妹，还不够？

14

初遇零君的时候，我因为家庭原因，性格其实很阴郁，并不开朗。现实里也不怎么说话，像个哑巴一样。

我害怕听到声音，手机常年静音。不听歌，看电影也不爱调高音量，与生气勃勃的零君形成了强烈对比。

可能真的有缘分这种说法，导致我看见零君的第一眼，就对他产生了强烈的好感，像是飞蛾一般，不断趋向热源，往零君的两侧扑腾。

换句话说，那时候的零君，就像是一道光直至我的生命里，让我原本荒芜的地面开出了花草，显出一派生机盎然。

我会自卑，会觉得自己这样阴暗的个性配不上零君，因为他热情、阳光，与周围的人都能建立起很好的关系。可我不行，我没有朋友，也不知道如何和一般人交际，爱戴假面生活，真我本我分不清楚。

于是零君给我划定了一个壳，在这个壳里，我不需要接触任何人、任何社会阴暗面，所有信息都是他筛选过后传递给我的。

我能每天都很开心，因为我的铠甲是零君。有他在身后，我就无所畏惧。

没有绝对的幸福，只有相对的幸福。我有过非常大的不幸，所以我才有勇气，拥抱零君这样大的确幸。

治愈系冯先生

文 / 冯宸宸

天蝎座女生，知名写手。
擅长各式言情小说，年少看虐不眨眼，老来偏爱傻白甜。

老冯追我的那天下午，呆萌地把自己毕生所学的吉他曲，挨个弹唱了一遍。但我并不是被他的文艺细胞所吸引，而是因为……老冯是个一米九的金牛座倔强男，认定一件事就绝不放手。这种性格会炸裂我的少女心。

我也是一个很大个的人，作为女生，净身高一米七二，且还在向上生长。

很多人见到我的第一句话是：“你有多高啊？”

一般我会含蓄地回答“一米七”。

四舍五入，可不就是一米七吗。围观群众马上抛出了下一个问题。

“你为什么不去当模特呢？”

“你为什么不去打篮球呢？”

恐怕只有我的几个好朋友知道我这巨型身体里藏着一颗萝莉心，而老冯，就是上天派来拯救我的。

老冯会把我当作小孩子一样来看待。

他看游戏视频的时候，我想跟着一起看，他说“小孩子不要看这些”。

看到公园里禁止携带宠物入内的路牌，他会扭过头笑着说“完了，不能把你带进去了”。

他经常自言自语地感叹他老婆怎么能这么萌。

但他明明自己也经常像小孩一样呜咽，以此博得我的关注和疼爱。

哼！

老冯是个颜值占领高位的少年，不是所有人都祝愿我们有个好结果。

譬如大学的一天，我窝在寝室上网，偶然在学校贴吧浏览到一条帖子，标题是“有谁了解12级软件学院的冯帅哥，速进”。

我顺手点进去，早有蜻蜓立上头，一大波老冯的同级、学姐、学妹，汇集于此交流起他的生日、星座、血型、爱好特长。马上，有人出来泼冷水：别惦记帅哥了，人家早有女朋友了。有人跳脚了：那又怎样？他女朋友我见过，焚琴煮鹤，根本不能服众。有人附和：鼻塌，眼小，不好看。

往下，略。

尽是些自诩比我漂亮的女子，极尽尖酸刻薄之能事，其中有一个匿名回复：其实冯GG也没那么喜欢她，她看妇科病都是一个人去的。

我查了一下匿名者的IP地址，正是下铺的室友。

好嘛，连换鞋都省了，我直接来了一个猴子捞月：“真不愧是我们外语系的高材生，最擅长玩弄文字游戏，我去看个痛经，某人也能表达得如此暧昧。”

女生之间的情谊，有时，真的比火腿还薄。

我从寝室搬走，另租了房子住。

开放式的小区，顶层，一室一厅，窗前有棵半死的梧桐，去年遭遇雷击，导致房子线路全坏，个别地方还保留着焦黑的痕迹。房东嫌麻烦，少收了三百块让我自行解决。老冯过来帮忙接电线，环顾一圈这朝北的小屋子，啧啧咋舌：“太可怜了。”

虽然是嫌弃的口吻，却管不住脚常过来看看。

在一次突然而至的大雨天，等了一夜，雨没停，然后他就顺理成章地住下了。

我们一起去超市买成双的牙刷、水杯、毛巾……经过家居区，老冯非要拉着我试躺双人床，想想，身下是柔软的床，眼前是温暖的灯光，旁边是爱人轻轻地撞你的肩膀，问："感觉怎么样？"

我没有缘由地觉得幸福，幸福得简直要哭了，我撑着眼角说："这床不赖，适合做梦。"

当晚，我做了一个美好的梦。

梦里的我们老了，白发苍苍，地心引力使得脸都垮了。我们坐在摇椅上懒洋洋地晒着太阳，欣赏着桑榆暮景，他把手伸过来，温柔地覆盖我的手，如同一个缓慢的长镜头，然后他语气煽情道："这辈子，能遇见你，真是太好了。"

我泪眼婆娑地醒来，摸了摸老冯熟睡的脸。

皮埃尔·居里，远远没有他的夫人有名。居里夫人，发现镭的居里夫人，两项诺贝尔奖得主的居里夫人，墙上必挂名人之一的居里夫人。皮埃尔·居里是一名物理学家，贡献了居里定律，获得的荣誉有1903年的诺贝尔物理学奖，但还是比不上她。

过于出色的一半往往使另一半沦为陪衬的花边。

说起来，我也不差，英语八级，每个学期末有奖学金，雅思刚拿了漂亮的分数，会做人，远远胜过待人冷淡苛刻的老冯。然而，只有我才明白，老冯不是IQ高、EQ低，而是不屑学习这种人情世故。

世界对他太友好了，哪怕他在树桩旁小憩，都有可能送上来一只乱蹦的兔子。

不知道从什么时候开始，老冯开始放飞自我，说的话像撒了芥末。很漂亮的女孩跟他搭讪："我的名字叫做樱桃，英文名就是 Cherry，是不是很棒啊？"

他回："很棒啊。你知道吗？cherry 除了'樱桃'，还表示'处女膜'。"

如此这般很黄很暴力了好几次之后，女生中再没有勇者敢来攀登这座高山，学校贴吧也不再有关于他的消息，我们的二人世界瞬间少了 90% 的嘈杂和纷扰。

我很意外，江山易改本性难移，怎么这个人就能瞬间像变了一个人一样。

看过太多人格分裂症的电影，我好怕怕……

我去问老冯，话没问完，就被一记响亮的叫声打断。

"天哪！"

老冯一字一顿地说："用脚趾头想想都晓得，我这么做，是因为你啊。"

电光石火，我蒙了。

忘了说，我是以冷酷和理智出名的天蝎座。其实我从来不说甜言蜜语，但赶上铁树开花，说起情话来就开始特别地不要脸。

"你这样，我很心疼你。"

后来我将笔名改为"冯宸宸"以回礼。

谈恋爱、结婚、生小孩，这是我们和无数人都相似的未来，唯一可能有区别的就是，我们都是文艺青年，大部分的相处是安静的，隔着蓝色的隔断，他弹琴、我写书，像一对独立的个体，自由自在。但我会因为老冯那边细微的声响，觉得这个世界真让人安心。

不是骗你的喜欢你

文 / 然而

一名会写字的程序员。

小学班上有个女生成绩很好，人也乖巧文静，是典型的乖乖女。

比较皮的我莫名地就想引起她的注意，于是我经常偷看她的日记，整天变着法整她。而作为报复，她借语文课代表之便把我的小秘密也全给看了去。

我们为此开始比谁的作文五角星多，可谁都不服气谁。

没想到有次她的作文竟然破了我“优＋四颗五角星”的班级记录，对我宠爱有加的语文老师竟然给她打了“优＋四颗半五角星”！

我为此闷闷不乐，寻思着如何恶作剧整她。

有天中午我早早地吃完饭，带上几个小弟跑到她旁边瞎嚷嚷。

“你吃饭真慢啊，和乌龟一样。”我把“乌”字故意拖长音。

“乌龟乌龟。”小弟们在旁边附和着，脖子一伸一缩。

开始女生并没有搭理我们，只管自己埋头吃饭，她的同桌倒是恶狠狠地瞪了我们几个一眼。

我看不奏效，“乌龟，你看你碗里的粉丝像不像蛔虫啊？还会动呢！”我仍不罢休。

“蛔虫蛔虫。”小弟们扭动着身体附和道。

然后，她就哭了。

我当场就蒙了。

而且还是那种措不及防的放声大哭，豆大的眼泪“啪啪”地落在她的午饭里。

我感觉自己好像犯了什么滔天大罪，二话不说转身就跑，几个小弟也吓尿了，跟着我就跑。

不要说我怂，那是我第一次看见女生哭，还是被我给弄哭的，我根本不知道如何应对。

后来女生的同桌把我的恶行告诉了班主任，班主任要我去道歉。

道歉？这时候能道歉？那我岂不是没有面子，在她面前更丢人？我心里嘀咕着。

大男子主义顿时油然而生，我对自己说，是男子汉就坚决不去道歉！

然而几番挣扎之后，最后的我还是从心了，在一张纸上歪歪扭扭写了“对不起”三个字，在某次偷看她日记的时候，夹在了日记本最后一页。

当然没有署名。“哼，看不到可别怪我。”我自言自语。

记得有一天上学路上遇到她，她走在我前面，我就一直偷偷跟在她身后，看着挂在她脑袋后面的马尾辫子有节奏地左摇右甩，整个人看上去像只鸭子，快到校门口的时候，我快步走到她左边，拍了下她的右肩，结果她居然直接把脑袋扭到了左边来。

“你走路怎么这么慢？我包子都吃完两个了，你还没追上我。”

“因为我在赶鸭子啊！”我笑嘻嘻地说。

如今回想起来，那时候的日子风轻云淡，阳光的味道洒满了回忆的长廊。

小学快要毕业时，她因为有杭外的邀请证，如果没考上杭外，也可以不用摇号选择其他初中就读。而我则必须通过摇号，否则只有直升初中部。

摇个屁啊，多麻烦！直接升初中部好了，我和父母以及她都这么说。

而我们初中部很一般，听说学校氛围差，学生都不读书。我一直觉得金子在哪都会发光，所以对此不以为意。

没想到的是最后她居然也和我一起直升了初中部，还记得她给我的解释是“宁做鸡头，不做凤尾”。

可惜初中我们没分到一个班，我为此莫名地不开心了好久。

之后我们的交集就越来越少，QQ 上倒是会互相调侃对方，她口才很好，拌嘴也要和我争个高下，那时候喜欢互损对方。

在学校里她还是乖乖女，读书很认真，成绩很好，一直是年级前三。

毕业典礼拍照那天，她走过来和我说：“笨蛋，我走了啊。”

我有些不好意思，对她笑笑，没有说话。

高中以后我们偶尔会 QQ 上联系，她说她找了男朋友，男朋友对她很好云云，那时候我很开心，觉得小学那个爱哭的乖乖女竟然也谈恋爱了。

有次小学同学聚会，她说要把她男朋友也带来，一定要我见见，和我长得超像。最终见了面，像个 p 啊像！

哪有我帅？

好吧，其实是挺好一男生，和我一样帅。

我心里由衷地替她开心。

KTV 唱歌，因为我五音不全，提早溜了。

没想到在公交车站等车的时候她气喘吁吁地追了上来。

“咦，你也坐 18 路？你男朋友呢？”我诧异地问她。

“嗯，我也坐 18 路回家。他不顺路，我让他先回去了。”她有点羞涩。

“这么巧……”我说，“那个，其实我一直想做一件事来着。”

她支支吾吾，脸上泛起了一丝红晕。

“有话快说，QQ上聊天的时候你不是一直伶牙俐齿得理不饶人的么？”我看她有点反常。

没想到她突然涨红了脸，脸颊稍稍鼓起，用惊人的语速蹦出了一堆话……

“其实我一直想和你表白来着但是没有机会也不敢因为我知道你可能不喜欢我不过我现在有男朋友可以彻底放下你了所以我想完成这一次过期的表白但你不要误会也不要放在心上我只是想完成这个心愿而已。”

她突然停顿了下，“我喜欢你很久了。”她慢慢说出这句话，如释重负地拍了拍胸脯。

我当时又蒙了。

接着就尴尬地笑着说了句“谢谢啦，那你以后一定要幸福啊”。

我们最后并没有和电视剧里一样拥抱一下，因为很尴尬。

那天晚上，我突然想起来我夹在她日记本里那张纸条，我就短信问她有看到过吗，她问哪本日记本？

“就你写你洗澡喜欢和你的玩具小鸭子一起洗的那本。”我说。

半小时后，“你确定是这本？我翻了个遍都没有啊！”她说，“你写了什么？”

“我喜欢你。”我想了想，骗她说。

喜欢你，很甜很甜

文 / 苏柚

文艺小清新，宅腐美少女。

我在大一开学的时候参加了学校的一个社团，他比我大一届，是社团部门的部长，一米八，富二代，颜好，属于简单干净阳光的那种类型，笑起来让人腿软。不可否认，我当初就是垂涎校草的美色才去报的名，而且面试通过了，还刚好就在他所在的部门，我同学都可羡慕我了。

但是那时候我和他只有工作上的交流，直到 12 月份的某一天才有了改变。

12 月份时我悲催地摔断了腿，去医院打石膏，回到学校那天晚上有部门例会，我没有请假，因为不想错过看男神的机会，于是住着拐杖，一瘸一拐地跑去开会。

结束的时候下雨了，不过我包里有伞，走了几步，他突然从后面出现叫住了我，他说他没带伞，可不可以共用一把伞，先把我送回寝室，伞下次还给我。

我那叫一个激动，但是依旧故作镇定，喜悦不形于色，只是微微点头，轻轻“嗯”了一声，时刻保持我的淑女形象，好累哦。要是他看不到的话，我估计我能笑得露出我的整片牙花子。

重头戏在后面。

他把我送到寝室楼下后，问我室友或者同学在不在，能不能送我上去，我寝室在 4 楼，他怕我一个人不安全。

这时候我欺骗了他，我昧着良心说她们全都去看电影了，因为我今天要开会所以没和她们一起去。

我故作坚强地对他说没关系，我自己一个人能行的，然后跟他说晚安后就转身进去了。

三分钟后，我发了个消息给他：“我觉得也许貌似可能我一个人还是不行，你能背我上去吗？就这一次，拜托了。”附加一个卖萌装可怜的表情。（诶好像有哪里不对，怎么越写越觉得是我在撩他啊，而且突然感觉自己有当绿茶婊的潜质是怎么回事……）

不知道他怎么跟宿管阿姨说的，他真进来了，我当时坐在楼梯上装柔弱，然后成功上了他……的背。

很久以后，他说其实那天他有伞，但是看我腿瘸了，一只手要拄拐杖还要一只手拿伞，突然觉得我很可怜，同情心泛滥，想帮帮我，但是怕我误会他对我有什么，于是说自己没伞。然后觉得我受伤了还不忘自己的工作，很认真，很有责任心，好励志，好坚强，好感度 up……他还说当时收到那个短信的时候，顿时升起强烈的保护欲，哈哈，我就好奇了，作为一个校草，什么样的女生没接触过，怎么就这么轻易地被我套路了。

之后几天我一直在等他的消息，隔几分钟刷一次手机，拼命地控制自己不主动联系他，或者做一些事情分散精力，告诫自己女孩子一定要矜持！

几天后终于来消息了，他简单地问了问我伤养得怎么样了，要不要紧。我收到消息后都要开心得飞起来了，这点小伤算什么。

于是有了以下对话：

我：“（伤心脸）各种不方便，突然发现男朋友是多么重要！”

他：“是啊，最近一定很辛苦吧（摸摸头）。”

我：“学长学长，你有没有朋友想要谈恋爱啊，能不能帮忙介绍一个呀？（恳求脸，期待）”

然后一直显示对方正在输入，但是就是没消息发过来，几分钟后，他终于回复道：“我朋友他们都有对象了。”

我：“学长你呢？你想不想谈恋爱呀？（偷笑）”

我：“哎，还是算了，习惯依赖某个人的话感觉会迷失原本的自己，我还是继续一个人好了（无奈脸）。”

他：“嗯，你还小，不着急。”

我：“我爸妈找我视频了，先不说啦，有机会再聊哦，还有上次真的谢谢你啦，么么哒（亲亲）。”

他：“嗯，早点休息，注意身体，晚安。”

就在我腿伤好了不久后，我和室友一起去参加一个与外校的联谊会，当时还特意去店里化了妆，穿了连衣裙。我平常都很随意，防晒霜都不涂，是那种冬天不穿 bra、睡衣外面披件外套就能出门的人。

那天晚上在我成功骗到几个号码容光焕发之际，我竟然看见了他！万万没想到啊，要知道他是平常除了上课，参加必要的社团活动外，基本在学校看不到人影的那种人。当时还有点心虚，因为在养伤期间我们是有点小暧昧的，竟然觉得自己做了什么很对不起他的事……

我发誓那次我真不是故意想刺激他看他反应，真的只是因为乡巴佬第一次上大学，和室友想一起去见见世面，顺便见见有没有帅哥。

他以找我有点工作上的事为借口把我单独带到一个墙角，我靠着墙，他离得很近，他一只手撑着墙壁，不是那种小混混调戏良家妇女的感觉。人很多，偶尔有人走过时会碰到他，他怕一不小心撞着我，于是有了这个现在所谓的“壁咚”，当时还真是心都漏跳了几拍，觉得他男友力 max 啊。

他低头看着我说：“我不喜欢你谈恋爱。”

天哪，我没有想到他居然这么干脆直接，猝不及防啊。在我恍神中，他又开口道：“我不喜欢你和其他人谈恋爱。”

有一句话，说得真好——

“我没有办法边走边爱，你一个人就挡住了人山人海。”

那时，周围的灯光、音乐、喧闹声都瞬间消失不见了，眼里只有他，脑海中回荡着这句话。

回寝室钻被窝里傻笑了一晚上，真的很甜很甜。

遇见八年

文 / 燕里

规则只约束遵守规则的人。

八年前的感恩节，我 18 岁，大一。我忘了具体发生过什么事了，只记得那年的迎新晚会来得特别晚——我们系是定在入学的两个月后，即那年的感恩节。我记得当时系主任宣布时间的时候说了一句，今年有点晚啊。还有同学说，不晚不晚，应该再等几天，可以和送老晚会一起办。

我就是在那个感恩节第一次认识了我家江先生。

晚会开始之前，我们被按照系别、班级、寝室、性别这样的单位安排就坐。前面是翠翠，后面是二丽。我忙着跟前后的她们交头接耳，根本没有注意到，他就安静地坐在我的左边。

舞台上的表演者唱的那首歌是徐怀钰的《踏浪》。那位歌者说：“挥舞起你们的荧光棒！”我说：“哦！”于是开始按照她的指示挥舞进场前被分发的荧光棒。不幸的是，我所有的荧光棒都是不亮的，我说：“怎么回事，老子的都不亮。”

于是他开始跟我说第一句话，他笑得可真好看，我不知道他是笑我太听话，别人叫挥舞就挥舞，还是笑那个“老子”的称谓。

他一脸笑容地说：“我的给你吧。我的都亮。”

那是我第一次注意到他，英俊帅气，温润沉静。

在此之前，我完全不知道自己的左边有一个人，而这个人甚至已经跟我同班两个月之久。

班里一共 60 人，不过我对人类的关注范围小，只跟同寝室的几个姑娘相熟。再加上军训的时候男女分开，所以很久以来，我对班里的男同学感觉都很陌生。

我从小就有见到长得好看的人就紧张的毛病，不论男女。幸好黑暗的会场掩饰了我的不安，我问他：“你自己不要啊？”

他：“我不用。”

我：“好的。”

然后接过他的荧光棒，开始……按照指示像个弱智一样挥舞起来。

我感觉到他在看我，目光温柔，笑容温暖。

后来他主动跟我说了很多话，他总是不太会说话，不停地开头、不停地中断。

他说：“你喜欢这首歌吗？”

我说：“嗯嗯，喜欢，我高中有段时间经常单曲循环啊！”

他就笑得很开心，说：“哦。”

对话结束……

诸如此类。

后来我坐得越来越周正，焦急又无声地等他开口，开口说任何话。

晚会非常仓促地结束了，我只记得我那晚听了一首叫《踏浪》的歌，不知道后来台上都表演了什么。

我大概刚到寝室 5 分钟左右，收到了一条陌生号码发来的短信：感恩节快乐。

我回了一条：同乐。

陌生号码：知道我是谁？

我：不知道。

陌生号码：那你回我？

我：大概是今天比较快乐。

然后他提示说他是那个送了我荧光棒的男生，解释了一下怎么找到我的号码，说给他号码的人还说我一定不会回他。因为那个人问我要手机号被我拒绝了。

我记得那件小事，刚入学的时候，班里的男生一个个都像情圣，见到姑娘就撩，到处要号码。我一向是个很有原则的人，长得不好看的我一个也不给！

我说：“故作矜持确实是我的爱好。但是不排除你那位战友不靠谱的可能性存在。”

后来我们很欢乐地一起开黑那位情圣小伙伴。短信上的我们都比晚会里的我们健谈多了。

第二天上课，果真有一个帅气的男生朝我走来，我在太阳光下注视他，英俊帅气，温润沉静。他又恢复了那晚的羞涩，默默地在我后面的一个位置坐下，也不跟我说话。

我们就这样白天像个陌生人，晚上像对老朋友。

这样的日子持续到了学期末，寒假，所有的同学都要回家了。我因为要去天津，票定得比他们晚了三天。

放假那天，他问我什么时候走，我说了日期，他说他也是那天才回家。我说太晚了，要他早点回去。他执意说离家很近，一定要等到我走的那天。

所有人都走了的时候，他说：“我一个人在寝室非常无聊，你一个人在寝室不是也很无聊，不如出去走走？”

那是他第一次约我出去。

我说“好的”。

那三天我们几乎走遍了学校的每个角落。学校太小了，我们聊天，我们走路，我们不停地绕圈子。

把我送走后，他才开始准备回家，我到天津的那晚收到他的短信，表白短信。

我说“我也喜欢你。”

慢慢地，他改口说：“我爱你。”我也热烈地回应他说，我也是。

后来我们结婚生子，感情顺利得没有任何波澜。

今年下半年的时候，我侄女来我家和我们住在一起。有一次她问我：“小姑，你们恋爱多久？”我说“今年是第八年吧。”她后来强调：“我是问你们恋爱多久。是要减掉你们确立恋爱之前的时间以及婚后的时间。”

我说了我们结婚的日子，并跟她强调，我从与他相识的那晚就爱上了他，结婚后也一直恋着他，一天都不能减掉。

她说：“姑，你们是我见过最好的人。”这中间的逻辑我至今觉得很奇妙。

今年是我们共同走过的第八个感恩节。每年这个时候从来不过西方节日的我都浑身散发着圣母光辉。

我由衷地感激这个世界、感激那晚那几支不亮的荧光棒、感激在未来漫长的岁月里，有一个人会坚定地陪伴在我身旁。

今年的感恩节，我正在家里码字的时候，收到还在外面的他的QQ消息，还发现他锁起来的空间更新了签名，而我的QQ网名一直叫七月：

多少人曾爱慕你年轻时的容颜

可知谁愿承受岁月无情的变迁

多少人曾在你身边中来了又还

可知一生有你我都陪在你身边

——遇见八年，感恩七月

LOVE YOU

劈个叉都是爱你的形状

宅女爱情三五事

文 / 原晓

青春文学、幻想、推理作家。喜欢读书和旅行。
代表作《时间海》《黑十字》等。

一 火锅

初识小哥那年，我正在C市读研究生。学校新修了新校区，就在绕城高速边上。新校区地广人稀，渺无人烟，特别适合修生养性、专研学问，于是学院把所有的研究生们都打包送了过去。我在那鸟不拉屎的地方，谨遵师命、兢兢业业，一路清修到研二，终于忍无可忍，向花花世界堕落而去。

那天晚上，我正盘腿坐在床上，屁股下垫着一本《语用学理论基础与运用》，一边吃薯片一边追动画新番，隔壁床的女生伸头过来："说起来，我男朋友的室友和你一样，也喜欢看动画片。要不要认识认识？"

我咔嚓着薯片说："帅就认识。"

十分钟以后照片传了过来，上面的男生不帅，虽然勉强算是窄腰长腿，眼睛却很小，眯起来仿佛一线天。朋友说对方是党员，本着向党组织靠拢的觉悟，我答应了一场饭局。

朋友很高兴，打电话向对方夸我："我闺蜜才貌双全，什么，她有什么爱好？没什么爱好，就是喜欢在网上写小说。不是你想的那种小说，是那种，那种小说……"

我写作类型繁杂，她解释不清楚。总之第二天，我就以一种疑似网络小黄文作者的身份，去相亲了。

见面后我才知道，小哥是重庆人，学计算机，在市区另一所大学读研三，高我一届。他真人身高虽然有一米八五，腰比照片上还要细一些，眼睛还要小一些，细看之下总觉得货不对板，想必之前的照片是用美图秀秀一键美颜过的。

那天我们相谈甚欢，晚上回学校，朋友问我："如何？"

我据实以告："黄了。"

她问："怎么黄的？"

"我们去吃火锅了。"

"你吃得比他多？"

"不是。"我说，"我们一边吃一边聊文学创作，他说他爱看推理小说，以前定期订一本推理杂志，就是我每个月供稿的那本。"

我是个有节操有底线的人，没做好泡读者的心理准备，于是筷子一搁就落荒而逃了。

二 礼物

然而我确实很喜欢窄腰长腿的小哥，因此第二天他 QQ 上找我，约我一起深度研讨日本动漫产业时，我答应了。

那天的网络研讨会开得很成功，一共获得了一好一坏两条消息。好消息是，小哥虽然定期订阅那本推理杂志，但是因为最近两年读研比较穷，没钱续订，因此不知道我的笔名，严格来说我不算泡读者。坏消息是，研讨会表明，虽然我们对动漫事业有着共同的热情，但是萌点全然相反。他喜欢的是《我的妹妹哪有那么可爱》、《我的朋友很少》那种十个女生追一个男生类作品，而我喜欢的是《世界第一初恋》那样的一位男生喜欢另一位男生类作品。

当我认真解释了这类超越友谊的感情，并辅以图文阐述以后，小哥在QQ那头沉默了。

过了很久，他回复我："这方面我不是很了解。"

其实这场讨论，是我有意为之，看上去很傻，却意义深刻。一个人的内心欲望，往往会投射到日常喜好上。我是半个女权主义者，不喜欢暗示男人可以坐拥三妻六妾的故事，而很多男生，对女孩子有良贤淑德、单纯婉约等这样那样的要求，而我显然不是。道不同不相为谋，我能理解他为什么沉默。

我认真地问自己："你真的能接受一个价值观和你完全不一样的男生吗？"

"你一旦接受，挺长一段时间他都会和你的生活捆绑在一起。他会用他的价值观评价你的个人爱好，而你也会用你的价值观评价他。你们谁也说服不了谁，两败俱伤。"

"谈恋爱不能只看腰。"

"况且他还眼睛小。"

"没有什么可惜的，大不了我把吃火锅的钱打他卡上。"

人和人之间的交往，如萍水偶逢、烟云倏散。每个人都在世间寻找心性相近的人，有时候难免会看走眼，继而幡然醒悟，最后分道扬镳。一旦我发现自己处于这种状态，向来能够心如止水、等闲视之、泰然处之。那天晚上我赶稿赶到十二点，又改了课上要交的小论文，合上电脑后倒头就睡了。第二天起床去了图书馆，晚上到操场跑步，时间安排得满满当当的，就把小哥忘了。

回到寝室以后，我打开 QQ，就看见小哥的留言。

“我不是很了解你昨天说的东西，这个是实验室的女生帮我在网上找的。”他说，“送给你当礼物。”

他传了我一个压缩文件，解压后后是个文件夹，叫《耽美小说三百篇》。

我一时宛如雷劈，百感交集，无法开口。第一，这是我第一次收到男生送的礼物。别人收玫瑰花，我竟然收到《耽美小说三百篇》。第二，这三百篇耽美小说全都是盗版。第三，其中有一篇是我披着小马甲写的。

隔着屏幕我都能感觉到他在那头摇尾巴，特别开心：“你喜欢吗？”

我渐渐从震惊中回复过来，一个字一个字敲过去：“很喜欢，谢谢，下次别再费心了。”

“喜欢就好，”小哥回复我，“我家在重庆人，你喜欢山城麻花和桃片吗？喜欢的话明天给你送过来。”

三　手作（？）程序

第二天小哥坐了一个小时公交车，提着麻花和桃片到我寝室楼下。

第二个周末，他又提着一袋麻花和桃片来我寝室楼下。

第三周时他已经没有麻花和桃片了，于是捧着一个芝士蛋糕来。

第四周他送了我一大包游戏主播网店的零食，附带一张男解说亲笔签名照。

第五周他写了一个像 QQ 一样的聊天小程序，我的电脑安一个，他的电脑安一个，这样我们在图书馆一起看书时不用连外网就可以打字聊天了。这个程序只能内网用，两个人面对面，还得靠打字沟通，蠢得无法直视。

他还给那个聊天小程序取了个名字，是我的昵称。

朋友问我：“你不是说道不同不相为谋吗？”

“人无完人，”我说，“他传了我《耽美小说三百篇》，说明他是个有包容心的男生，值得交往试试。”

“不是因为他的带零食吗？”

“是。”

朋友说：“你就这点出息。”

俗话说得好，要赢得一个女人的心，首先要赢得她的胃。如前所述，我住新校区，地广人稀、荒无人烟。整个学校除了一个食堂，错过饭点就再没有别的吃饭场所了。我靠稿费交学费，常常在宿舍一写就是一整天，别说错过饭点，抬头天都黑了。自从宿舍楼下的酸辣粉被学校取缔以后，我一朝回到解放前，常常过着食不果腹的生活。

幸而有小哥接济。

吃完桃片，我开始接受他每周一次的探监生活；吃完芝士蛋糕我就不追究他沉迷后宫动画片的问题了；等我吃完著名网络男解说的专供零食，再想保持距离，已经晚了。他以共同学习为名，每个周末赖在我校图书馆，强制陪我写论文了。

他把那个蠢得不能直视的聊天软件安在我电脑上，敲了一行字过来：“做我女朋友可以吗？”

吃人嘴软拿人手短，我点头。

小哥发了个特别可爱的表情过来，可能是在炫耀这个蠢软件支持表情包：“你有什么想要的跟我说，我可以帮你哦！”

于是我哭着说了实话：“我不想写论文，想玩游戏……”

四 游戏

我不精通游戏，却因为经常看直播，对自己的操作有莫名的自信。于是小哥在我学校门口找了个网吧，办个张会员卡，带我打一款他经常玩的推塔类游戏。

我以前只玩过谈恋爱游戏，对 DOTA 并不熟悉。他打 ADC 我打辅助。辅助本来应该跟在 ADC 屁股后面，加血加蓝扔技能。新手时期，我不但不帮他，还浪遍全地图，常常被敌方抓住，一刀砍死。每次阵亡，我就指责小哥：“你怎么不来救我呢？”

“我去和打野 gank 对方中路了。看，我拿了两个人头哦！”

“可是你没来救我。”我哭道，“打野是你女朋友还是我是你女朋友？”

我越想越伤心欲绝：“你到底是打游戏，还是陪女朋友打游戏？”

小哥仔细思考了这两个问题，改进了自己的游戏思路。后来每每我被对面单抓，他不管是在打龙还是打野，总是千里驰援。不久后我就常常听见队友骂他：“那个 ADC 脑子有包，竟然去帮辅助挡刀！”

“看他们的 ID——陪 BF 打游戏，陪 GF 打游戏，情侣？”

“辅助怎么可能是妹子，这款游戏没有妹子，肯定是一对 gay。”

“今天怎么这又遇见这对 gay？”

在小哥兢兢业业的辅助下，我的水平有了质的提升，渐渐明白每个角色在游戏中作用。直到现在我们依然常常在一起玩游戏，依然是他玩 ADC 我玩辅助，而他已经很少被骂了。这其中原因有二，一是我技术水平提升，二是我不再浪遍全地图。

后者是主要原因。

五 扯证

后来小哥毕业了，每天上班下班，只能周末来学校慰问我。

再后来，我们在第二年 5 月 5 日，去民政局领了结婚证。

那时他电脑里已经没有价值观奇怪的动画片了，都是枯燥无味的编程资料。我们一起吃晚饭、打游戏，也一起去爬高山、看沙漠、问候大海。他送了我一个礼物，也是个不好用的蠢程序。那是个小账本，按照我的喜好设计了记账规则，背景是我的照片，名字还是那个傻乎乎的昵称。

我问他：“你当初怎么喜欢上我的呢？”

小哥说：“可能这就是一见钟情吧。”

后来有一次我去他老家，在他当年的房间里找到厚厚的一叠动漫期刊。期刊的封面很眼熟，我拿起来一看，发现是自己17岁时常买的杂志。我喜特别欢那个杂志附赠的音乐光盘，一直把它当宝贝收藏。有段时间我因为穷没买，这套光盘差了很多张。我没想到在他的房间里，会有和我当年一样的书，以及同样被仔细收藏起来的光盘。我把我的光盘和小哥的光盘合在一起，拼成了一个完整的系列。

以前我就发现，我和小哥听歌的品味出奇一致，后来才知道，早在相遇的五年前，我们就在收集同样的杂志，听同样的音乐。我们在岁月里绕过几个弯，翻过几道坎，终于在人生的路上碰头了。

我希望这条小路再长一些，再远一些，最好能够一直走下去，走向市井深处，走进人间烟火，直到百年以后，时光给它盖个戳。

直到八十岁时，我能够笑着跟他说，你看我们当年，也曾风华正茂、柔情蜜意过。而他能笑着告诉我，我们现在依然风华正茂、柔情蜜意。

同时我也衷心希望小哥不要在翻书柜时，无意看到这篇稿子。他是个禁不住表扬的人，要是不小心看了，一定会眼睛笑得眯起来，尾巴翘到天上去。

我可能结了个假婚

文 / 虫二姑娘

东北小甜甜，文风幽默温暖，专业坑老公。

代表作《我可能结了个假婚》。

微博 @ 虫二姑娘。

01

每天晚上吃饭的时候，我和马先生会一起看各种各样的综艺节目。马先生是我恋爱六年结婚一年的另一半，是家里户口本第一页的户主，还是一个高兴了会叫我老婆、不高兴了叫“诶”、没有很高兴也没有不高兴的时候就叫我“傻 X”的男人。

节目里有嘉宾聊到喜欢，说喜欢一个人一定是有理由的。

我把筷子插在饭里，转过头神采奕奕地看着我家男人，说：“你为什么喜欢我啊？”

他说：“因为喜欢你所以喜欢你啊。”

我说：“你看别人都说一定是有理由的，你说不出来你就是有问题。”

他说：“那你说说你为啥喜欢我。”

我说：“因为我瞎啊。”

马先生一脸的不可置信，拍拍我说：“你赶紧重新问我。”我拔出筷子继续扒饭。他说，“快点快点你再问我一次，就一次，再给我一次机会。”

絮絮叨叨的实在很烦，我就很敷衍地说为什么啊。

他双眼亮闪闪地反问：“你怎么觉得我喜欢你的？你为什么觉得我喜欢你？”

02

可能是恋爱中低智商男女的共性，这个问题我们这些年纠结过许多次，因为就算正确答案显而易见，然而选择何种表达方式依然是一个非常严肃的问题。他第一次回国看我的时候，我们就养成了吃饭看综艺的习惯，嘉宾说：“你们女人总喜欢问你喜不喜欢我，你喜欢我什么，哪有那么多为什么啊。”

马先生拍拍我，让我看，我有点委屈地说：“我没问过啊。”

谁问的啊？

最怕空气突然安静。

对视了一会儿，他说：“我问的，你喜不喜欢我，你喜欢我什么。”

我一拍大腿，说：“我也很纳闷，那你喜欢我什么？”

马先生想了想，抬头看看我，又低头想了想，说：“我喜欢你肥而不腻。”

03

多巴胺是下丘脑和脑垂体腺分泌的一种神经递质，能够刺激血管中的受体舒张血管，还能增加肾小球滤过率、肾血流量。临床抢救的时候我们会依据其正性肌力用于各类型的休克抢救；而离开临床，我们用其解释爱情。

这个人给予你的感觉，让神经细胞受到刺激，出现短暂但迅速的电位波动，动作电位向周围扩播，直到整个细胞的细胞膜都依次产生动作电位，因为有髓鞘的原因，所以神经纤维传导动作电位是跳跃性的，你看到他、听到他、感觉到他，眼睛还没有眨，爱情已经从一个又一个的朗飞结跳到下丘脑，下丘脑分泌出多巴胺和肾上腺素，这些神经递质奔涌而出，冲向你的心肌和血管中的受体，你的心跳突然乱了节奏，呼吸也不太自由，瞳孔放大，手心冒汗。

喜欢好像就这样突然降临。

马先生掀翻了我的生理书让我滚出去。

我捡起我的生理书、拍拍灰，我瞎总要瞎个清楚明白吧，我们医生都相信科学，而我喜欢马先生这件事，这么多年我都觉得像个玄学。

04

我和马先生是网恋，莫名其妙地一拍即合、“狼狈为奸”的时候，我还没有见过他，我的神经细胞因何跳舞，大概只有那一个细胞明白，而它没有告诉我。

也不能说完全没见过，他给我发过一张照片，像素低到令人发指，是他们大学的时候学校组织他们去跳舞，他戴顶粉色的帽子，脸上有模糊的欢天喜地的神色。

彼时我不知道我以后会喜欢这个人，所以我非常遵从本心地在聊天软件上打出了“哈哈哈哈哈哈哈哈哈哈哈哈哈娘炮”的字眼。现在想来有点后悔，如果我知道的话，肯定会多骂几句的。

毕竟，在一起之后我就骂不过他了。

05

马先生最开始也只看过我的照片。

而且是我身高不再增长之后、体重最低时候的照片。戴了美瞳、假睫毛，四十五度仰望摄像头，还磨了皮。

人生不如意事十之八九。

虽然瘦是假的，眼睛、睫毛、锥子脸、好皮肤都是假的。

可矮是货真价实的。

几年之后捏着结婚证的我笑眯眯地安慰马先生。

06

由此可见，我们两个都不是对方喜欢的类型，最初认识也只是在我好朋友的群里，她叫了几个人组队去玩儿一个正在内测的新游戏。

我替前男友要了个激活码，他上线试了试觉得很无聊，我没说激活码得来不易，他不玩我就接了盘乱七八糟地跟着玩。其他人借着开荒的热情早就都满级了，只剩下拿着前男友遗产的我和身在新加坡网络很差的马先生，两个不到十级的小号在风中、水中、副本中凌乱着。

事实证明我前男友是对的，这个游戏真的非常无聊，游戏公司连公测都没有等到就倒闭了。

很久之后我问马先生：“那么无聊的游戏坚持陪我玩到内测结束，你是不是喜欢我？”

马先生大惊失色，说：“不是你陪我吗？”

07

这就非常尴尬了。

究竟是谁先对谁起了不轨之心这件事，至今我们也没撕清楚。所以编辑问我能不能写“喜欢你”的主题的时候，我仔细想了想，没什么可写的啊。

她说你写你们怎么相识、怎么在一起的啊。你们网恋相识四年、异国长跑六年，一定是个非常曲折浪漫的爱情故事吧？我说没有，连谁追谁都稀里糊涂。

她想了想，说，那你更应该写了，只要印了出来，这件事就盖棺定论了。

我蠢蠢欲动地发消息给还在上班的马先生，他半天才回，特别冷淡地说“写呗”。我说那你能不能讲述一下，你勾搭我的心路历程？

这回他回得特别快，说“我 X”。

呸。

08

想当年我貌美如花惊天下，一顾倾马心二顾倾马腿……并没有。

游戏内测结束之后，我和马先生还只是朋友，不过是经常混在一起玩，依旧还是打倒闭游戏的那几个，其中把我们组起来的那个女孩子弯弯是我当时非常好的朋友。

我做梦都没有想到，我会有因为男人和朋友绝交的一天。

或者说被绝交。

弯弯拖黑我的时候，我还不知道发生了什么，就拜托了共同的朋友去问。朋友问回来后非常纠结，说她好像是觉得你和马先生走得太近了。我惊诧地找到马先生，问他和弯弯是什么关系，马先生非常懵懂地说，没关系，我刚认识她的时候以为她是个男人。

我们做了无数猜测，又推翻所有，到了最后我只是觉得委屈和冤枉。

因为是网络上的朋友，看不到、摸不到，从此以后也再难相逢，所以失去就可以那么容易吗？我问马先生，马先生也没回答我。

但我的确失去了弯弯。

09

那一群共同的朋友被我和弯弯突然的决裂打了个措手不及，弯弯态度坚定，不许任何人同她提我，我们认识几年来一点一滴筑的城墙，她决绝地拆毁了。

不想大家难做，我和马先生一起慢慢地退出了那个圈子。

用退出也是故作严重，只是退了几个群删掉了几个人，换了个游戏。

世界说小很小，我在哈尔滨，弯弯在广州，马先生在新加坡，我们中间隔着千层水万重山，可还是遇到了；世界说大很大，弯弯只是拖黑了我，我没有像从前她闹小脾气时一样，装作什么都没发生过地去抓紧她。以前所有的日子，就像拖黑后流泻消逝掉的我们之间长长的聊天记录，在数据洪流之中粉身碎骨。

甚至没来得及留下什么可以供我怀念的东西。

失去了那一群熬夜修仙的朋友，半夜打游戏渐渐变得无聊。马先生第二天还要上班，他开始循序渐进地哄我早睡觉。我高兴的时候会拿自己的睡眠同他讲条件；不高兴的时候就说要你管。马先生也不生气，哄得来就哄，哄不来就自己睡，但每晚都会同我讲晚安。周末公司学习他会记得讲；考试他也记得讲；我打游戏不肯睡的时候他要讲；出去玩他也要讲。我为前男友黯然神伤到不能自拔，喝得又哭又吐，他打来电话，我乱说一气，他也只是说好，好，晚安，早点回去。

风里雨里，马先生的晚安等你。

他是闻起来不浓烈也不醇厚的一杯酒，诱着人慢慢喝，慢慢喝。

没喝到醉酒，不知道他上头。

10

醉也是真的醉了。

同行的朋友打给我前男友，他哄我回宿舍，我蹲在宿舍的走廊边哭得眼泪鼻涕全糊在脸上，反反复复地问：你为什么不喜欢我？为什么不能试试喜欢我呢？你不喜欢我为什么要对我那么好呢？你不喜欢我为什么不告诉我呢？

我的自尊心大概也被酒泡裂了，清醒的时候从来只会问你有没有喜欢过我。

怎么会不知道自己是不被爱的呢。

会问只是不甘心。

你喜不喜欢我，有没有喜欢过我。

能不能试着喜欢我，能不能继续喜欢我。

不能就算了。

我长大到能够接受了。

11

所以后来我和马先生虽然经常撕谁先追谁这件事，但没执着地去撕出个结果。我们在一起的时候就是两个已经在感情里碎裂又重组过的人，谁也没有很执拗地去追逐另一个，谁也没有很矫情地去推拒另一个。

喜欢是一个人的事，可相爱是两个人的事。

所以当马先生笑意盈盈地和我讲，他的弟弟小马先生问他，他们两个谁的女朋友更漂亮的时候。

我说，你让着他，他女朋友更漂亮。

于是小马先生有了漂亮的女朋友。

马先生有了女朋友。

我有了马先生。

12

七年前还没有微信，微博也没这么普及，我经常会搜索弯弯的 QQ 号，看她的个性签名和个人简介，猜测她过得怎么样。

她总是会写一些无意义的话，或者是有意义的，只是没选择抓住她的我已经失去了理解的权利。

直到有一天，我刷新她的简介，看到她在上面写：

你离开了之后，我开始看你看过的书，我喜欢生理学，我喜欢内科学，我喜欢妇科学，我喜欢儿科学，我喜欢解剖图册，我喜欢你。

我有在床上玩电脑的习惯。大学宿舍条件简陋，我住在下铺，头顶就是简易的书架，映在屏幕上，仔细看甚至可以看清楚书架被医学院厚厚的教科书压出了微微弧度的倒影。

仿佛是已经发生在很久很久以前的事了，那个每次临考前都会在QQ上哭号着说我背不下我真的背不下，我要挂了肯定挂了一定挂了的我。

还有当时不知道从哪里翻出了几本医学方面的书，明明是中文系毕业却一边陪我看一边对我发出来自聪明人的嘲讽的弯弯。

这些倒影压在我的眼底，压住了我曾许久不能释怀的、对弯弯绝情的愤懑。

她是我最好的朋友，在我还不知道我喜欢上了一个人的时候，她就知道了。

她知道了，然后替我做了她觉得最好的选择。

13

因为年幼的时候没得到过关注和爱，以为是自己的错，长大了就拼命地表达、喧闹、扮丑、付出、挽留。

像一个填不满的黑洞，始终浮散在宇宙的边际，越得不到，越不敢靠近。如同氤氲的雾气，飘不起来，也落不下去。

也会向路过的人伸出手，也深刻而无望地喜欢过别人，也懵懂而幸运地被别人喜欢过。没有什么特别的恩怨情仇，也没什么太多的曲折离奇。只是人生总是会有岔口，那些人和事像是碎裂的小行星，被记忆牵引着化成往事里闪烁着的星云。

美丽，然而再不能靠近。

直到有一天遇见了你，我看得到听得到感觉得到，或者看不到听不到感觉不到，只是你在这里，仿佛就有烟花炸开，刺激到我的神经细胞，出现了短暂然而迅速的电位波动。如同花朵绽开，从一个又一个的郎飞结跳到下丘脑，下丘脑分泌出多巴胺和肾上腺素，奔涌而出，冲向了我的心肌和血管中的受体。

我听见我的心跳和呼吸，感觉到自己的眼睛微微睁大手心有微湿的汗意。

听见喜欢降临。

小杨先生

文 / 静水边

别名梗大。

温暖治愈系星人，永远的暖萌逗。

微博　@木更木更木更木更。

01

关于杨先生：

我与杨先生相遇时还是个辛勤劳动、日理万机的贷款经理，而那一天杨先生正好来我的柜台办理关于他贷款后续的一些业务。

银行中午会有值班，我先去吃了饭，才重新返回柜台，所以在真正与他面对面前，我就已经先看到了他那有着漂亮线条的肩膀。

他显然等我等得有些不耐烦，抱着双臂，衬衫袖子挽到了胳膊肘上，我当然不愿意因为耽搁客户太久而被投诉，所以连刚吃完饭的嘴都来不及擦，就先进柜台给他去办业务。

于是，这就成了我俩的第一次见面。

他看到我的脸时明显愣了愣，然后又低头去看我的工号牌，下一秒目光又移回我的脸上。

当然，我在心底已经悄悄地朝他的脸吹了声口号。

他先开的口：“你怎么和工号牌上的照片完全不像。”

我矜持地笑了笑：“那时候我短发，现在长长了。”

他也笑了：“你是不是瘦了？”

我没回答，心想他真会说话啊，哪个女孩儿不愿被夸瘦了？

他的业务并不难，两分钟就能搞定的事情，签字盖章，做完后他却没急着走。“你不休息？”他问。

我说我今天值班。

他露出恍然大悟的表情，然后又刻意去看了一眼工号牌上的照片。

“老实说。”他看着我露出一个大男孩似的、阳光的、漂亮的笑容，“你本人比照片上好看多了。”

02

关于浪漫：

杨先生是个典型的水瓶座男青年，浪漫起来经常让我怀疑我们俩到底谁是智障……

比如说在我上班的时候，他会突然打电话给我，接起来却不说话，我喂了半天只听到《I Love You》的歌声……

“I love you,say we're together baby,you and me.”

我：“……喂喂？”

“I can only give my life,and show you all I am,in the breath I breathe I will promise you my heart.”

“……”我，“说人话！”

“And give you all you need,if it takes some time……”

我大吼道：“time 你个头啊 time，我挂电话了啊！”

“If you tell me you don't need me anymore,that our love won't last forever。”

“……”我直接挂了电话。

过一分钟，杨先生又打了过来。

“你居然挂我电话。”他颇委屈道，“我在给你放情歌啊！哼！Our love won't last forever 了！”

我：“……”

类似这样他所谓的浪漫事件，在我一天 24 小时，不论醒着还是睡着的时段里比比皆是。甚至有一阵子，他跑我柜台跑得特别勤，以至于我一度以为他们银行很闲……

身为四大行之一的我行（中国银行），实在不知道该骄傲还是心酸……

03

关于告白：

在我以往的印象中，觉得任何一对情侣在确认关系的时候必须得有个正式的说法，比如，男方说，“我喜欢你，我们交往吧。”女方说，“好啊，么么哒。”但在杨先生这边，这个流程直接被省略了……

当我莫名其妙地发现自己成了对方女友，回头找他兴师问罪的时候。

杨先生非常老练地教育我道：“告白不是冲锋的号角，而是胜利的凯歌！”

我：“……你又是从哪个鸡汤博主那里看来的。”

杨先生死活不承认他是看的鸡汤文，在我要求他补上告白的时候，他又傲娇地不肯答应。

“你也没说你喜欢我啊。”如果周围没人的话，我敢肯定他恨不得坐地上耍赖。

“我喜欢你。”我敷衍道，“该你了。”

杨先生：“……”

04

关于告白之后的送花：

相信任何一个妹子都希望在交往的时候可以收到自己男友送的花，我也不例外，但是我一直觉得自己应该酷一点，对方不给，就不要臭不要脸地伸手要。所以在交往初期的一个月中，我的心情都是“好想要花哦”“他真的想不到要送我吗？”“我今天都夸这朵花漂亮了……”“微信还发了他 Rose only 的广告！”“算了再发一遍朋友圈吧……”“他没看到吗？！我没有屏蔽他啊！”“难道我没发成功？！”“wifi！ wifi！”。

杨先生终于有一天忍不住问了：“你是不是特别想要花？”

我：“干吗要问出来啊！直接送不会啊？！”

杨先生：“……”

直到现在，他给我买了一年的花，每个星期一顺丰十点钟准时送到我家（微笑）。

05

关于我的狗爬签名和杨先生的甜言蜜语：

身为一个末流写手，好不容易卖出几本书，还有小迷妹让我签名，我的心情当然是非常激动的。所以，那阵子我练得最多的就是我那笔名，还花式想了不同的签名风格，各种自我感觉良好。

于是，我就膨胀了。

跟杨先生出去喝一杯的时候还屁颠屁颠地带着我那一沓签名明信片。

我埋头秀我的花式签名，杨先生坐在旁边看我奋笔疾书。

我：“看看看看，签得好不好看，帅不帅？”

杨先生瞟来一眼：“丑。”

我：“……”

杨先生：“这么丑居然还有人喜欢，我也是不懂。”

我愤愤道：“丑怎么就不能有人喜欢了？你不也喜欢我啊！”

“我不一样。”杨先生指着心口，他表情认真地道，“我是爱你。”

我：“……”

06

关于爱和未来：

我与杨先生在一起时，很少会谈未来怎么样，以后怎么样，甚至连打算怎么样都很少提起，我们谈恋爱谈得就像两个青春期的小屁孩，颇有点不问过去、不求将来的味道。直到今年过年后，我无意中问了一句：“如果有一天，我突然不在了怎么办啊？”

彼时，杨先生正在开车，他听到这个问题的时候愣了愣，随即沉默了下来。

我看着他减速，靠边停车，然后转过头，神情严肃地注视着我。

“你说的不在了，是指分手还是挂了？”他问。

我想了想：“我不会和你分手，就算去世吧。”

杨先生慢慢道：“那不可以。”

我：“？”

杨先生：“我无法想象。”

“如果我的生命里没有你。”他重新发动了车子，看着前方，面无表情道，“光是想象这个可能性，我就觉得非常痛苦。”

我咂了咂舌：“……你真是太肉麻了。”

杨先生笑了笑：“所以，我们明年结婚吧。”

我咬牙道：“求婚一定要下跪我才答应！”

杨先生：“……”

欧巴请快快长大

文 / 缺席琵琶手

欧巴控，专业坑男友一百年。

我的男友得之不易，为了追他，刀枪剑戟斧钺钩叉镋棍槊棒鞭锏锤抓拐子流星锤我挨个试了一遍，没拿下，他的心就跟水泥墩子似的梆梆硬！我心灰意冷撤退到半道，他从后头追上来，投诚了！这下真把我给乐坏了，这乌龙球闹得，他别是被我给追傻了吧。

我和他的初次见面是在羽毛球场，这就和一条鱼是在岸上遇见了一生所爱一样不可思议，因为我这样的懒汉一天最大的运动量就是上楼下楼，若不是一时鬼迷心窍加入了羽球社，我这辈子都不可能和他产生交集啊。

在社里我就仗着自己是女生滥竽充数了，而他却是队里数一数二的好手，跳扣劈吊样样行，一场练习赛看下来，荷尔蒙浓度已接近炸点！为了能和他有共同语言，我积极主动地练过球技，但最终发现我真不是这块料。但这一点儿也不妨碍我这只癞蛤蟆想猎杀天鹅吃肉的心愿。

事实上我也做到了，所以我这辈子谁也不服，就服我自己了。

01

欧巴在表达爱意这件事上，真的是笨嘴拙舌、羞于启齿，但我是完全不在意的，因为我就喜欢男生朴实无华呆萌的人设，一个家里有一个善于油嘴滑舌、花言巧语的人已经够了，多了腻得慌啊。

我最爱玩的把戏就是用甜言蜜语把他逼入绝境，然后看他窘迫的样子。譬如有一次我冷不丁地跟他说，I love you so much .

他神情突然变得有些紧张，吭哧了半天回了句，Thanks .

02

两把椅子，欧巴坐一把，还把脚搭在另一把上，我走过去说，狗脚拿开啦，我要坐。

欧巴“嘿”一声说，注意态度，有你这么跟老公……公说话的吗？

我说，怎么啦？我又还不是你老婆……婆！

03

我差点就拥有一只猫了！

早上我还在睡梦中，出去跑步的欧巴给我打了个电话。我迷迷糊糊地听见他说，你还想不想要猫，我抓了一只猫。

我一听一下子清醒了！急忙问他，是什么猫！什么颜色的？脸大不大！

欧巴说，小狸猫，挺胖呼的，很亲人，一直蹭裤腿。

啊啊啊……我冲着电话嚷，我要我要，快弄上来啊！

欧巴说，那我……哦，忘了吧，跑了。

04

把手腕贴在眼睛上看，看完左手看右手。

欧巴说，你瞅啥呢？

我说，我看我是不是冷白皮。

欧巴拉过我的手直接放进嘴里啃了一口，咂吧砸吧味儿说：不知道是不是冷白皮，反正不如热干面！

05

我对数字真的迟钝，这表现在有时脑子短路会连欧巴的手机号码都记不全。他很震惊地说，怎么能连手机号都记不住，万一哪天遇到紧急情况，你手机也丢了，你怎么办呢？

我说，这不能怪我！你的破号肯定是免费的吧？我的号码是交了100选号费的，当然好记！

欧巴说，你就是没心！我连你身份证号码都背得下来。

我表示不信，于是他脱口而出我的身份证号码，一字未错。

我疑惑地说，你为什么要记我的身份证号码？

欧巴说，上次梦到你跑丢了，去报警，警察问我你的身份证号码，我说不知道，警察一摊手说，那就难找了。醒来我就把你的身份证号码给记下来了。

我哈哈大笑说，记身份证号码管个屁用啊，也找不回来的好吗？

欧巴冷冷地说，对啊，所以哪天你真丢了我就只当没你这个人了，反正你良心也给狗吃了。

我错了……

06

欧巴说他早上在小区跑步时认识了一位跑友，刚参加完上海半程马拉松比赛，说看他的速度不错，可以报个比赛试试。

我说，那有奖金吗？欧巴说，有，但想拿奖是不可能的，上万人参加，跑得好的人多得是。

我说，那跑得半死图个啥？欧巴说，体育精神不就是重在参与吗。

我说，你还真想参加啊？

他说，有时间的话可以考虑。

我转了转眼珠子问，那个跑友是男的还是女的？

他说，女的。

我一下扑到他身上大叫，我就知道！你们想一起参加比赛比翼双飞是不是！

欧巴没好气地说，你这一脑子龌龊思想！你哪懂得这种挑战自我、超越自我的快感。

啊，我的确不懂！感觉已经难以企及欧巴的高度，我们之间要有代沟了！

思来想去，睡前我一咬牙做了个决定，跟欧巴说，明天你起床跑步的时候叫我！

他说，叫你干吗？我说，我也要跑马拉松！

欧巴笑着说，你这宏愿发得有点大啊。

我说，那怎么办呢？我要和你比翼双飞啊！

然而，第二天早上……感觉已经是只折翼的烤鸭了。

07

中午外出吃烤鱼，排了半小时队进去，一大条鱼上来，欧巴才说他突感冒部不适，吃不了太多，主力得靠我了。

我说，你开玩笑呢，我哪吃得完这么多！我又不是大胃王！

然后，我就吃完了，还在残渣里挑挑捡捡了半天才罢休。一抬头看见欧巴正支着下巴看我，我问他干吗呢？

欧巴笑笑说，没事，我就是突然想起了我小时候，每次放暑假就会回老家住一段时间，老家有个猪圈，一头母猪刚生了一窝小猪，每次给它们喂食的时候，那帮小猪就争先恐后的，把料槽都拱翻了，我特别爱看。

08

那天去超市买了一只生冷鲜鸡，想着让欧巴给我做红烧鸡吃。今天欧巴心情不错，就给我做了野蘑菇烧鸡，我吃得碗底朝天，一边啃一边赞叹说，果然一分钱一分货，100块一只鸡就是好吃呀！

欧巴瞪大了眼说，100块？！那么小一只？什么鸡啊这是！

我说，是清远鸡，一只鸡要养好几年，连皮都是脆哒。

说着我把啃完的鸡骨头丢进骨头碗里，欧巴看了一眼又夹了出来说，这么贵你也不啃啃干净！还有这么多肉！说着他又把骨头啃了一遍。

这艰苦朴素的劲儿简直没眼看了……

09

欧巴有时是个特别单纯的大男孩，说啥信啥，我就特爱逗他。

有次我肚子饿了，催促他快点出去吃饭，欧巴说再等一会儿，我说等不了啦，我肚子里的小猴子都饿坏了！

欧巴猛一抬头，脸色大变，一把扯住我的手说，什么肚子？什么猴子？你再说一遍是怎么回事？

我若无其事地拍了拍肚皮说，你不是老说我饿死鬼投胎吗？我觉得那是因为我肚子里住了只很缺油水的猴子，所以才总饿得快。

欧巴内心起伏未定地看了我好半天，突然操起手冲着屁股就是两掌，咬牙切齿地说，你以后再满嘴跑火车我把你屁股打烂！

后来，我再跟他说我肚子里的小鸡、小猫、小狗饿了，欧巴的内心就毫无波澜了，甚至还有点想吃黄焖鸡米饭。

10

下午听到门外走廊挺喧闹的，居委会主任欧巴就开门视察情况去了。过了会儿回来跟我说，隔壁那对夫妻把房子卖了，又新入住了一对夫妻。

我说，你管那么多闲事干吗啦？楼上楼下就没你不认识的，你是要竞选楼长吗。

而欧巴一本正经地说，我也不是天天都回来，我不得让他们知道这户是有男主人的么。

11

今天看了微博上的彩礼地图，我跟欧巴说，我们重庆居然零彩礼，你也太幸运了吧，居然不花一毛钱就可以娶走我了耶。

欧巴说，那山东呢？

我说，要十五万。

欧巴拍拍我的头说，那你可得加把劲了。

12

早起我浑浑噩噩地坐在被子里，听着欧巴不断的催促声，我说，你知道最近有个蓝鲸游戏吗？玩这个的人每天被要求 4 点 20 分起床，然后连起 50 天，人就要死了。

欧巴无动于衷地说，那又怎样，咱是 6 点起，差了 1 小时 40 分了！起起起，快起，不要抱窝了！说着他原地高抬腿蹦了几下，一副精力旺盛运动 boy 的样子，边蹦边说，你再不起我走了啊，和跑友双宿双飞去了啊！

我开始有点相信大家讲的了，可能那个跑友真的是他编出来骗我的吧，毕竟连跑三天我也没看见那个人，三天里只看见一个穿跨栏背心的大爷总在跑了两圈后开始撞树。

我问欧巴，撞树减肥吗？要不我也撞树去。欧巴说，人家树和你什么仇什么怨，你饶了它吧！

13

早上欧巴把我拉起来的时候，我发着起床气跟他说，六点起床简直要人命了，我是要上一天班的人啊！和你在家里玩一天不一样！

欧巴说，行，那我自己去了！

我听着又觉得不对了，喊住他说，为什么你话里行间有隐藏着愉悦的感觉？你是不是巴不得我不去你好和你那跑友对影成双啊，一块奔跑多浪漫啊！哼！

欧巴一叉腰说，叫你吧，你不起来，我自己去吧，你还胡思乱想，你让我咋办，你给个方案。

我不吱声，掀起被子罩住了头生闷气。

一会儿他把被子给我拉下来了，我一睁眼看见他一脸认真地说，她没你好看，真的，一半都没有！

我一听一高兴一咕噜就爬起来了！

跑了 40 分钟，热成狗，经过小卖铺，欧巴说他要吃根苦咖啡，我也没经住诱惑……嗯，白跑了！

14

今天去参加同事 M 的婚礼，新郎高高瘦瘦，新娘却很富态，一女同事说，上次见她没这么胖，跟换了个人似的。我说，我跟我男友在一起后也胖了十几斤，我结婚的时候估计也得胖成那样吧。同事说，那绝对是真爱啊！

以前在街上看见标准身材的帅哥牵着个大胖妞，总是特别不能理解，不明白他看上她啥了。但当自己也变成一个大胖妞后，我就能理解了！

为了走在路上不让别人费解我欧巴看上我啥了，婚礼上不被人感慨绝对是真爱，我又决定要认真地减肥了！

但我刚放下筷子欧巴就瞪着我说，就吃这么点？嫌不好吃是吧？那下次我可不做了，辛辛苦苦做出来反应这么冷淡！

我一听只好又拿起了筷子。

欧巴你真的不介意以后牵个大胖妞招摇过市么。

15

回到家，欧巴说，下午路过小卖铺买了根苦咖啡，给你也买了个可爱多……

我一听高兴坏了，急忙冲到冰箱前拉开冷冻室的门，钻进去扒拉了半天，没有呀！

欧巴慢吞吞地踱过来说，别找了，我还没说完呢，吃完苦咖啡觉得不过瘾，我就把可爱多也给吃了……

哇！我都气哭了，说那你何必跟我说啊！

欧巴说，还以为你看见了垃圾桶里的雪糕纸了，要知道你没看见我就不说了。

唯有爱与美食不可辜负

文 / 白羽

毕业于信息专业，在十几个不同的城市体验过风土人情，
开过餐厅，在饮食与文字里找到美好与爱。

三鲜酿豆腐

有段时间因为时运不佳，没什么钱。

但是两个吃货又嘴馋又要补充营养，需要多吃点蛋白质。

那时候我就做三鲜酿豆腐。

做一大盘大概需要 5 块钱的肉、3 块钱的豆腐。

肉加上香菇、木耳、葱、姜末一起剁成馅儿。钱不紧张时我还会放冬笋。但是因为要省着花，就常常只有香菇和木耳，再放点生抽盐巴胡椒粉调味儿。

豆腐切四方块儿，上面挖出一个个球形小洞，把肉馅儿酿进去。挖出来的豆腐不要丢了，我留着做赛螃蟹。

然后平底锅放油开始两面煎豆腐。煎得金黄了之后在锅里放点开水和

蚝油，“咕嘟咕嘟”煮一会儿。汁水收浓就可以起锅了，再撒点香菜装饰一下。穷讲究，穷也要讲究嘛。

吃的是3块钱一斤的普通大米，做起来却一点不马虎：仔仔细细地淘洗三次，放入比米高一个指头肚的水，先不忙蒸。

我做的米饭好吃是有诀窍的。一是要把米上沾的淀粉都淘洗干净，米饭就不会黏糊糊的。二是要浸泡至少半小时以上再开始蒸，蒸出来的米饭要继续保温3分钟再开锅，趁热打蓬松。

即使这么普通的大米，也是油亮亮、晶莹剔透的，米香四溢。吃到嘴里不软不硬，香甜可口。而且只蒸两碗饭，刚好吃饱，一口不剩。

然后切一个黄瓜丁，用麻油盐巴一拌，就是个爽口小菜。

两人吃得肚圆意满。才花了10块钱出头。

我家境不错，我先生年少得志。可是偏偏在最初相爱的时候，我们两个人都穷得可以。我刚刚做生意失败，又逢他事业遭遇大落，身体还不好。一天要算计着钱吃饭的日子，我俩谁都没过过，都是去买东西不问价、不看秤的人，看上什么挑什么，最后只问个总价给钱。

之前是踩着云彩过日子呢，谁知道刚刚在一起就一副贫贱夫妻百事哀的戏码。他身体不好，不能累，要吃有营养的食物补养身体，肉、奶、蛋少不了，蔬菜水果也要跟上。

所以，只能多花心思。生病的人本来就食欲不佳，还要兼顾营养口味与卖相，把预算有限的菜烧得好吃。只是没想到我竟然是一个隐藏的菜市场达人，买菜老板总是给得又足又新鲜，我不说也会抹零打折赠小葱。大半年时间我把我先生从病猫喂养成了一个壮汉。体重增加了30斤，面色红润明亮。

后来聊起那段日子，他问：你还记得我们怎么过来的吗？ 我说：说实话我忘了，对于能坚持那么久的那种生活还是挺神奇的体验，只是那会儿总做三鲜酿豆腐。

炸大虾跟鸡蛋糕

炸大虾是我家先生的爷爷做的。

过节打电话叫我俩去吃饭，刚走进小区门口，我说，咦！谁家炸虾！好香来！ 又走过两栋楼，香味飘飘忽忽，还萦绕不去。 到家推开门，桌上赫然放着一盘炸大虾。

裹了很薄的面糊的大虾炸得金黄酥脆，有整颗的花椒调味，却不麻嘴。咬一口，虾的甜香就在嘴里蔓延开来。一只接一只地吃，根本停不下来。

爷爷还嫌我们吃得不够多，一个劲儿地说，多吃点多吃点。爷爷85岁了。那是我认识他的第二年，也是他生命的最后一年。经历过两次大手术的爷爷，去检查时发现癌细胞已经扩散。

我没有太多时间去了解这位老人了，但是爷爷只要自己还能走路，就坚持自己做饭，他做的饭口味好，样式仔细，厨房收拾得明亮整洁、一丝不苟。我在心里对自己说，真是一位可敬的老人啊。

我自己的爷爷在我11岁时就去世了。我的爷爷跟我家先生的爷爷出生年代差不多，都是老革命，我也曾想过，这两个老头儿要是有生之年能凑到一起该多好，一定能痛快地聊起当年参加过的战役、光荣的负伤、痛快的胜利。可惜啊，我爷爷去世得太早了。

我爷爷退休之后，因为家里小姑姑还要念书，爷爷跟奶奶就在一个学校门口支了一个零食摊，有一台冰柜。夏天卖雪糕，冬天卖橘子，还沾糖葫芦儿卖。

有一年，爷爷奶奶买了一台商用大烤箱，还有做鸡蛋糕的模具，开始卖鸡蛋糕。爷爷烤的鸡蛋糕真好吃啊，一点水都不放，纯鸡蛋和面。鸡蛋糕还在烤制中就香飘十里，我跟表弟两人都坐不住了，缠着大人问，鸡蛋糕还有多久好？等到开箱的时候，两馋猫巴巴地等着，先脱模两个给我俩一人一个。

真好吃啊，外面卖的鸡蛋糕都没有这个好。爷爷趁我俩吃得欢，去一边点了根烟解馋。被我看见了：爷爷！不是说戒烟的吗？爷爷又抽烟啦！小表弟跑过去抢下来：不让姥爷抽烟！爷爷拍着我俩的头，说“慢点吃别噎着”，并没有生气。

之后的 20 年，我再也没有吃过鸡蛋糕。

我家先生的爷爷去世后，我跟他两个人扶灵归乡，他的爷爷跟我的爷爷葬在了同一片山坡上。两个老头儿一定能在一起愉快地聊聊天了吧。

烧纸钱的时候，小火苗轻轻地抚过了我的手，却一点都不痛，我的眼泪“哗”一下子就流下来了。爷爷离开我快 20 年了，但是感觉我从未失去过他的爱。

就好像我一直记得那个鸡蛋糕的味道，就好像我先生一直记得那个炸大虾的味道。

碎金饭

有两个版本，极简版跟豪华版。极简版就是两个鸡蛋，几个小葱，一碗饭；豪华版是水发干贝，手剥虾仁，辽参切丝，鲍鱼切碎，鸡蛋跟小葱也是必要的。饭要提前蒸好，丢进冰箱让大米冷掉变硬、变松散。

鸡蛋打在碗里，盐适量。米饭倒进蛋液一起搅匀，用最快的速度搅匀，尽量让米饭之间不互相粘连。热锅下油，油温上来时将米饭倒进去，迅速翻炒，如果手慢蛋可能就会炒老，米饭的水汽又散发不出来，吃起来不爽口。等每一粒米都色泽金黄、香气迸发的时候，撒进香葱碎，关火、拌匀、出锅。

而豪华版就是把海鲜类的食材事先炒熟，等蛋炒饭七八成熟时倒进去一起翻炒。关键点在于海鲜要炒得不出汤、不发干、不油腻。这样跟米饭一起炒时才不会影响米饭的口感。

说真的，年少时我也曾走南闯北，吃过五星大饭店，蹲过街边苍蝇馆，但我真的没吃过比我炒得更好吃的蛋炒饭。

这跟爱情有啥关系？当然不是我一个人吃啊，我一个人才懒得做蛋炒饭吃呢！ 我一个人就冲个滚烫的乌龙茶，泡碗隔夜饭吃而已啊！

罗宋汤

其实我没有做过太多的饭给父母吃过。 我虽然是他们的孩子，却跟他们的口味特别不一样。 我做菜是没有流派的，有时候日式，有时候意式，淮扬菜也喜欢，川菜也研究研究，鲁菜也做做。有时候就是随着心情杂糅创新。

我父母的口味却很传统。我做出来的朋友亲戚吃了都交口称赞的菜，我爸妈却有点不感冒。他们就吃着他们习惯的老几样。而且他们年纪也上来了，吃不了太多蔬菜，经常吃点主食什么的就饱了。

有天我买了几个黑麦大列巴回家。我妈难得产生了一点兴趣，尝了尝说蛮好吃。我先生就煽风点火地说：“这个配罗宋汤最好吃了。你晚上来做罗宋汤吧！”

于是我出去买材料。这是改良版的罗宋汤，没有放红菜头。 西芹、洋葱、去皮去籽的番茄、切碎的卷心菜、土豆、跟色子块儿的牛肉一起倒在锅里炖着。我拿着一柄长勺在锅里慢慢地搅拌，看着汤汁一点点地变浓稠。我喜欢把土豆全都煮到溶解在汤里，等土豆煮化了，也就可以出锅了。

爸妈居然很喜欢，一人喝了超大一碗。我很得意地告诉他们：你知道这一碗汤里有多少菜么，至少有两个番茄、一个中等土豆、半个卷心菜，还有西芹跟洋葱！ 这些菜要是炒成炒菜，他们是吃不下的，做成美味的汤居然不知不觉地吃完了。

我不是个让人省心的孩子，小时候体弱多病，少年时叛逆抑郁，成年后跌跌撞撞。他们偏偏又是那种心思细腻的父母，虽然我喜欢报喜不报忧，但是每每也藏不过去，从眼角眉梢间就走漏了消息。

我爱他们，虽然有时候他们并不理解我。

他们时常忧心我的生活轨迹会脱离了他们的理解跟掌控，不能用自己的羽翼永远安全地保护着我。

也许我可以尽量为他们做一些他们喜欢吃的又有益健康的饭。让他们周游食物的列国，些许地弥补一下因为生活忙碌都没时间去看看这个世界的遗憾。

春风十里，不如睡你

文 / 丸子

一枚脆生生的编辑，喜欢捣腾水彩和手帐。
微博 @所向披靡小丸子。

01

我和云妹是高中的同学介绍认识的。

介绍人是这么形容云妹的：学霸，会打篮球，人品好，没有不良嗜好，居家，且帅。

在介绍人如此信誓旦旦且热心地推荐下，我和云妹互相交换了聊天方式。

后来第一次见面的时候，我打量了云妹一眼，长相和我之前勾勒的“球场金城武”的形象差距有点大。我挺失落的。

更让我心里犯嘀咕的是：他这身高，撑死一米七……一米七几就不说了，反正我觉得有生之年应该长不到一米八……

而且云妹第一次和我见面的时候，他极其缺心眼地没有刮胡子，试图营造出一种成熟男人沧桑忧郁的形象。

我也不知道这孩子啥脑回路，导致我对他的第一印象非常不好。

但是我这个人，讲究礼尚往来。

早在和云妹没见面的时候，我就吃了他一盒月饼，想着怎么都要请人家吃个饭。

结果第一次吃饭，泰国菜，他非常绅士地付了钱。我想着，那就再见一面，我把人情还了。

我预见过风和雨，没预见我和云妹见着见着，我就成了他女朋友。

吃完泰国菜又过了两天，他把胡子刮了，我眼前一亮。啧啧。

别人的男朋友是浪里小白龙，云妹勉强算玉面小青蛙吧。

02

云妹笑点很低，是我见过的最爱笑、最耿直的工科男。

而且他笑起来的时候，左边脸上有个很深的酒窝。有句话怎么说的来着，“你的酒窝没有酒，我却醉成狗”。

没事千万不要去惹笑点低的耿直酒窝工科男。

某天我更新朋友圈：“不抽烟不喝酒，不吃槟榔不养狗。某姑娘的择男友标准。膝盖好疼。”

十分钟之后，他约我出门：“下午你想去哪里玩？”

我没来得及回复，他又急吼吼地发消息我：“你膝盖哪里伤了？怎么不跟我说？”

想起他一本正经的样子，我笑成狗。

晚上我和他在他们大学的小路上散步，我突然想起这个梗，就提了一句。

他问：“对了，你膝盖怎么样了？”还一直看我的膝盖，我又笑。

他问我笑什么。

我艰难地想怎么回应他，说：“是这么回事。有一次我跟我妈说，真是醉了，我妈问我，你没事喝那么多酒干吗……”

云妹反应过来，开始大笑，半是不好意思，半是真的觉得好笑。

种满法国梧桐的小道，秋意正浓，冰冷的空气肆掠，他的笑声持续了几分钟，穿过了整个小道。被这种气氛感染，本来已经平静下来的我也跟着他一起傻笑。

真的很开心啊。

从那一刻，我发现我对这个情商笑点双低的工科男产生了一种常人无法理解的心动。

03

不过云妹情商是真低。

我们认识没多久的时候，有次他提醒我天冷添衣。我回复，好的，谢谢关心。

他说：不过你那么胖，肯定不会被风吹走的。

我：？？？

非常愤怒的我气急败坏地回复：是啊！

后面还加了一个微笑的表情。

云妹没看出来，估计自认为幽默，说：哎呀，怎么我周围都是女汉子啊！真是醉了！

当时我怎么也不会想到，未来某一天我会成为他的女朋友。

不过现在，云妹在我耳濡目染的影响下，情商已经变得非常之高。

某次，因为一件小事，我非常生气。我指着自己的脸，气冲冲地朝云妹吼：“我现在非常生气，你看到没，我整张脸上写了两个字！什么字？看到没？”

我原意是指“生气”二字，因为他真的太烦人了！

没想到云妹顺着我的手指认真地看了一眼，非常肯定地说：“很！美！”

我本来准备发火，结果一下子被逗笑了。

04

去年圣诞节。云妹问我想要什么礼物？

我心想，礼物直接这么要不太适合吧。

于是我没表态。

他又问："你觉得礼物是贵的比较好，还是有心意的比较好？"

我觉得贵的比较有心意。

我说："只要是你送的，我都喜欢。"

后面还加了个甜甜的笑。

云妹："拉倒吧，我不信。"

嗯，我确实看中了一套死贵死贵自己不舍得买的化妆品。

然后云妹送的礼物我果然不喜欢。

我朝他发脾气。

年轻的我如此矫情，收了礼物还哭唧唧数落他送的不合我心意。

云妹安慰我："这不是还有元旦吗？我元旦再送你呗！"

他一说，我更生气了："你是木头啊！元旦的重要程度和圣诞能一样吗？等明儿清明了是不是还要送束花给我供上啊！"

他被我这个比方逗笑了。

听到他笑，我反应过来，也被自己的冷幽默逗乐了，再想起他的酒窝，本来也不是啥大事，心里更没火了。

两个人傻不拉几在那对着电话笑，作罢。

一个月后的生日，他送的我心心念念的化妆品，再之后的节日，送了我一个笔记本。

我非常非常喜欢啊。

05

我问过云妹有什么外号。

他说，小云，云妹，云妹妹。我问他为啥，他说他室友都这么喊他，因为他特别容易脸红。这年头，还会脸红的男生堪比快绝种的大熊猫。云妹的外号由此得来。

云妹有几个爱好，打篮球，撸代码，看鬼片，看鬼片，撸代码，打篮球。

真真做到了不抽烟不喝酒，不吃槟榔（他是湖南人）不养狗。

云妹不仅有酒窝，还有腰窝。

那时候云妹和隔壁班篮球赛，他们队比分落后，他低着头，严肃地抿抿嘴，左边那个酒窝就现出来了。

哟，小伙子还有酒窝，我第一反应。

过了会，他撩起球衣，我看到了他的腰窝。

哟，小伙子还有腰窝。

是这样的，我喜欢吃瘦肉。换句话说，我喜欢浑身是瘦肉的猪，也喜欢浑身是瘦肉的人。

在云妹极其认真打球的时候，我的眼神盯着场上的八号球衣，总想着去戳一戳那个酒窝，再戳一戳那个腰窝。

当然，我也会有抱怨：为什么我的小姐妹们谈恋爱，男朋友都是‘xx哥’，我谈个恋爱，男朋友是‘x妹’？

云妹认真想了下，说：因为你是个男人啊！

我：哦。

06

我生日的时候，云妹给我订了一个蛋糕。

拿出刀叉和蜡烛的时候，我看着那个“25”形状的蜡烛，脸色变幻莫测。

我：？？？

云妹看我脸色不对，马上接过蜡烛拼成“52”的样子，一本正经地说：我特意选的这个数字，‘52’代表‘我爱’，嗯，寓意挺好的！

……放屁！

你以为这样我就不知道你是缺心眼直接拿我年龄的数字蜡烛吗？！

某次约会，我精心画了一个妆，还涂了 blingbling 的唇彩，神采奕奕地赴约了！

结果他一直没提这茬。

临到吃饭的时候，我忍不住问他：“你没发现我今天有啥不一样吗？”

他：“唔……嘴巴好像涂了东西。”

我比了个姿势：“好看吗？”

他：“嗯，好看。”说完指着灯光下油油的辣椒炒肉对我说，“和这个一样。”

谁家还缺男朋友的，我这个不要了打折白送。

07

云妹有着一套奇怪的逻辑，就是当着外人的面，不会说我一丁点不好的话。

包括……买衣服的时候。

一次我试完衣服，在他面前转了个圈：“这件衣服好看吗？”

他：“唔……”

我又转了一圈：“好看吗？”

他：“唔……”

我：“好看，还是不好看？”

他：“我再看看……”

事后我问他，你咋一直不说话呢。

他凑到我耳朵旁，小声跟我说：我觉得那套衣服，你穿着不太好，显胖，还有点显腿粗。

我：哦这样啊，你直接跟我说呗！

他急了：我怎么说？

我觉得有些奇怪：用嘴啊，你就说不好看啊。

他：我怎么能当着那么多人面前说你穿着不好看呢。

我的天哪，你这个愚蠢的土拨鼠，我要狠狠踹你的屁股，你以为你的女朋友是超模衣服架子，穿什么都好看吗！

……不过这样认真的云妹好萌嘻嘻嘻！

08

云妹爱看恐怖片。

认真且怂，从一而终。

说实话，我就没见过一大男人躲在被子里怕得瑟瑟发抖还坚持要把恐怖片看完！

某天云妹吵着要看恐怖片，我说我要睡午觉，你自己一个人看。

云妹不干，非要拉我一起，说一个人看害怕。

我："那你别看了。"

他："不行，我想看。"

我："那你一个人看，我要睡觉了。"

他："不，你和我一起看。"

……烦死了。

然后我陪他看。很无聊的国产片，故事发生在晚上，气氛很恐怖，然后突然一转身一个人影出来。一个惊悚镜头扫过，云妹吓得"哇哇"直叫……没被恐怖片吓到被他吓个半死。

云妹平时是个不喜欢说话的闷闷的男生，但是每次看恐怖片，他一边看一边拉着我讨论剧情：我觉得这个人有问题可能是凶手，那个人眼神也不对肯定有问题，你觉得真相是怎么回事……

我全程小S冷漠脸，惜字如金，冷静得犹如片里杀人不眨眼的变态杀手。

其实我胆也很小。但是当你某天有了一个看鬼片比你还怂的男朋友，你也一样能秒变小S。

看完恐怖片，我们俩出门吃饭（因为某个怂蛋不敢一个人出门）。

电梯里，我出其不备吓他，又看到了他胳膊上的鸡皮疙瘩。

他：“你别吓我啊，待会我还要回家的。”

我笑成狗。

他：“你别把这事写朋友圈啊！”

我：“好的。”

可是我发微博了，哈哈哈，我朋友圈才八十个好友，微博有两千多个粉丝呢！

09

云妹总觉得我上班十分的清闲，以及，不了解我的工作内容。

某次，我和他吐槽有作者才交稿三天，每天都催我看稿子。

他问我：“这个作者录用了没有？”

我思量着，他应该问我作者有没有在我们杂志刊登稿件。

我说：他没有上过稿。

云妹：在我们学术界，一般都用“录用”一词。在你们黄界，就用“上过”这个词。

我：？？？

这位朋友，你是不是对我们行业有什么误解啊。

10

云妹也有让我感动的时候。

有一次我来例假，上吐下泻，不能动弹。但是腹部一直绞痛，红糖水暖宝宝根本没用，我只能用嚎哭来转移我的注意力。

我嚎了一会，看到云妹脸色严肃地在一旁按手机。

我心想，唉他陪着我折腾一上午了，饭都没吃，也是辛苦，现在还在跟我百度如何缓解痛经，真是感动啊。

我抓着他的手，动情地说，你先去吃点东西吧一直陪着我辛苦……话还没说完看到了他屏幕上的 NBA 季后赛的新闻。

我：喵喵喵？

其实云妹还是很贴心的。

相处这么久，从最开始会因为我说“啊啊啊陈晓好帅”吃醋，到后来听到我说“吴彦祖好帅想嫁给他”时面不改色地接一句“吴彦祖没有华科古天乐就站在你旁边”；从最开始听不懂我的笑话和梗，到现在能够秒懂我讲段子且笑点蹿到奇高；从最开始固执得像头牛变得慢慢接受我的一些提议和意见……

我爱画画，爱倒腾手帐，胡乱地买文具，他从来不说我，只要我喜欢。他会早上五点起来陪我去参加手帐集市，会给我买在他眼里和普通笔记本没区别的 hobo 本子，会替我淘好看的胶带和本子，会在我画画到瓶颈甩笔的时候鼓励我“你已经很棒了”……

只要我喜欢，他都会支持我陪着我。

年少不经事的时候，也曾将感情给过几人，也曾为他们写过长长短短矫情的文。

而现在，我只想和你一人，好好走下去。

像最开始说好的那样。

“和爱的人，手拉手，晒冬天的太阳。”

我的娃娃脸先生

文 / 月儿

老发聊发少年狂，左刷博，右写作。

微博 @桃夭月儿。

01

小山吉长着一张标准的娃娃脸，奔三的人去网吧，还会被查身份证的那种娃娃脸，跟我这样拥有 32G 的妖艳贱货一点都不搭。

我也不知道当年为什么会看上他。

大学刚毕业的时候，我跟朋友一起租房，朋友恰好是他的朋友。某天晚上，他来找朋友玩。一见到我，便惊为天人，于是他就死皮赖脸地在我们的客厅的沙发上睡了两年。

天生后知后觉且从小就在男孩堆里长大的我，并没有发觉他在追我。

直到两年后的一天，我从浴室出来，他坐在正对着浴室门口的那间房的房门前，对我伸出一根食指。

我不明所以。

他又对我伸出一根中指。

这就让我来脾气了，我气冲冲地把擦头发的毛巾往他身上一甩，一把将他推开，进屋在电脑上打开朋友的QQ对话框，“噼里啪啦”地打下一行字。

我：山吉是不是有病？他敢对我竖中指！

朋友在那边无奈地说：山吉在手指上写了“520”三个字，还没摆完，就被你生生地摁回去了。

呃……

我一愣，然后决定开始远离山吉。

02

那个时候，我有喜欢的男孩——大飞。

山吉太孩子气了，看上去我似乎能轻轻松松地给他一个过肩摔，所以他根本没在我的考虑范围内。

我给大飞七天时间，让他过来跟我表白。

结果，他过了一个月才来。

我把大飞请进租房客厅，然后哭着拒绝了他。

这是一个来自双鱼座的莫名执拗。

山吉知道我喜欢大飞，也知道我跟大飞在屋里讨论的事。他一直在小区里游荡，可以说是一个非常称职的备胎了。

大飞出来时，已经是晚上七点半了，南方的夏夜，蚊子总是见缝插针地咬人。

山吉逮住大飞，问他，我有没有吃饭，然后偷偷地带了土豆片炒肉盖饭给我；又打电话给我闺密，让我闺密假装不经意地给我打个电话，好顺其自然地安慰我。

当然，这事我后来才知道。

03

山吉其实长得还不错，皮肤特别好，眼睛、脸型、嘴巴、鼻子都好看。

可惜，男人是看脸的吗。

男人是看身高啊！

山吉不高，只比我高一点点，所以那天晚上他要把我打横抱起的时候，我的内心其实是拒绝的。

万一他踉踉跄跄地把我抱丢地上，或者折了他自己的腰可怎么办呢。

跟朋友去酒吧，我把亮晶晶、甜滋滋的红酒当汽水喝，没喝多少就喝挂了。

起初我还能自己坚持着打车回家，结果那酒的后劲足，我一下车就直接一屁股坐在旁边的花坛上了。山吉见我一直未归，给朋友打电话后出门寻我，轻而易举地就找到了蹲在路边大声唱歌的我。

我酒品差，差到一见到漂亮小哥哥就忍不住想调戏一把。

夜晚的路灯下，山吉的皮肤真的可以说是吹弹可破。

“小弟弟的脸真好摸啊……”

我一时没忍住，痴汉般地傻笑着伸手掐了他的脸一把。

确实很好摸，滑滑嫩嫩的，比我的皮肤好多了。

山吉脸上“刷”的一下红了，然后，他一弯腰就把我给拦腰抱了起来。

小区建在山坡上，楼梯很陡，山吉气喘吁吁地抱着我在楼梯上晃晃悠悠的，我突然觉得很好笑，酒一下子就醒了。

我自己跳下来说：算了，我还是自己跑上去快些。

山吉看上去有些恼，挠了挠头，一张脸通红。

我突然觉得他有点可爱。

04

山吉是一只“出差狗”，有事的时候就出差，没事的时候就在家待。

租房离我上班的地方不远，山吉在家闲着的时候，每到中午就会以各种理由“偶遇”去觅食的我，然后“顺便”一起吃个午饭。

公司楼下有个炒菜店不错，我们经常在那儿吃。

炒菜店老板是个帅小伙，会弹吉他。

有一次山吉出差去了，我一个人去炒菜店吃饭。老板见我一个人，过来打招呼说：“你男朋友呢？”

我没反应过来。

老板又跟了一句：“就是……那个长得白白净净的小伙子。”

“哦……山吉不是我男朋友，只是一起租房的室友而已。”

老板明显不相信：“不是你男朋友，还天天跑到这里来等你吃饭？”

“只是顺便咯……”我心里其实“咯噔”了一下，想着该不会是真的特意来等我的吧。

老板看见我的表情，一张帅气的脸上笑得跟花儿一样：“就说是你男朋友吧。你男朋友前几天借给我的吉他谱替我还给他一下。”

“他还会弹吉他？”我被惊吓到了。认识他这么久，从未听他提过。

老板比我更震惊：“他弹得很好啊……这些天，他每天早上都过来这里等你，我都跟着他学会好几首曲子了。”

老板还在喋喋不休地说着对山吉的溢美之词。

我心里突然有点开心，好像山吉真的是我男朋友，而我男朋友真的有这么好一样。

05

过 23 岁生日的时候，我在自己的右边耳骨上打了个耳钉，笃定地告诉自己，不找男朋友也没关系，一个人也可以过得很好。

没过一个月，我突然听说山吉给我写了一封情书。

那天山吉出差去了邻省，半夜十点，我心血来潮地给他发消息说："听说你给我写了一封情书？"

山吉收到短信后，直接给我打了电话，告诉我那封信在《席慕容诗集》里，让我去找。

我知道山吉有一本《席慕容诗集》，那个时候他除了是个标准的理科男之外，还喜欢做各种文艺男会做的事，他喜欢旅游、看书、写字。

我漫不经心地说："好。"

我其实只是随便找了找，然后告诉山吉说没找到，就去看电视睡觉了。

结果在半夜将近1点的时候，山吉突然敲响我的房门，递给我一封情书，说是专门打车回来找给我的。

情书的内容很简单，无非是在修机器的时候阳光很好，于是想到了我，觉得此生都不可能跟我在一起之类的。

我突然有点感动。

不是因为那张薄纸上的好看字眼、话语浓情。

而是半夜奔赴，只为一丝可能的执着。

我觉得这绝对是真爱。

我这大半夜的把人给折腾回来，又不给他答案，好像有点耍着人玩。

我自认为自己是好人家的女儿，不能干出这样没良心的事。

于是当天晚上我答应做他的女朋友试试。

结果一试就是很多年……

06

论"有一个看起来比自己小很多的男朋友是一种什么样的体验。"

在我的朋友圈里，山吉多了一个称号——小嫩草。

起初，我有点不开心……我看上去也挺嫩啊！

至少比起实际年龄能下拉个两三岁吧！

只不过山吉的外貌年龄比起实际年龄能下拉个十来岁！

心累……

两年后，山吉按照约定在长沙买了房。

还没交房的时候，我们经常手牵着手去新房下面的超市踩点、买东西。

去得多了，跟超市老板也就熟悉了。

我在超市挑水果的时候，山吉被我打发去拿饮料，超市老板凑过来问：“你们是姐弟吗？”

我当下就有点生气，把水果丢在那儿，自己一个人气鼓鼓地就出来了。

山吉急匆匆地买了单后来找我，我把老板的问话告诉他。

他笑嘻嘻的，我更生气了。

山吉一把牵着我的手说：“你的梦想不是当包租婆，包养小白脸吗？

“房子写你的名字，小白脸任你睡。

“你是人生赢家啊！”

这样一想也对，小鲜肉夜夜躺平任我调戏，我有什么好生气的！

07

自从交了男朋友之后，山吉就成了我的固定“三陪”。

陪吃陪逛陪睡，只要他不出差，我们基本上跟连体婴一样，去哪儿都在一起。

闺蜜要想约我出去都会问：

你家小嫩草今天出去没？

你家小嫩草今天回来不？

若是山吉在家，我的档期就满了，要么约不出去，要么约一赠一，闺蜜当一个巨大的灯泡。

我笑着对山吉说：“还好你隔三岔五地要出去两天，不然天天回去都是见到同一张脸，岂不是腻得慌。”

山吉说：“哪里会腻，看一辈子都不腻。”

他的同事经常一出差就是一个星期，只有他，顶多在外连续呆两个夜晚，之后无论多晚他都会赶回家。

有一次他凌晨两点才到家，当天早上七点又要出门。

我有点心疼地说：“以后这么赶，就别着急回来了。”

山吉傻呵呵地笑着：“我怕我连续三天不回来，你在家会害怕，看你一眼也是好的。”

08

山吉最近去宁波学习了，得去三个月。

这是我们相恋七年来，分开时间最长的一次。

我们说好，隔一个月见一次面。

第一个月是我去宁波找他，刚刚在微信里我还跟他说：“一个月后，将会是两个胖子的聚会吗？”

夏天的长沙是小龙虾的季节。

夏天的宁波是大海鲜的季节。

山吉还是笑呵呵地说：“没关系，总之我会比你胖……”

跟一个男人比体重，有什么好骄傲的……

我一边说着，一边笑嘻嘻地再加了四斤麻辣小龙虾。

LOVE YOU

人家拿小拳拳捶你胸口

单身吗！吃点狗粮压压惊吧

文 / 两色风景

专职撰稿人，主攻童话、幻想小说。
十余家杂志专栏作者，作品连年入选“年度最佳”文集。

01

小兔带我去喜欢的店，吃了会儿我问：这儿有厕所么？她指点后我说：那走的时候我去上一下。她：还以为你很急咧，那等会再问也来得及啊。你真是吃着碗里看着锅里。

#……等等，那话不是这么用 #

02

跟小兔说，小时候下馆子，看到有人吃剩很多好菜，就会很想当服务生，那就可以趁收盘子时偷吃了。小兔说你有没点出息？我幻想自己当服务生的时候都是趁上菜偷吃，刚出锅，热乎乎，还没有别人的口水。

#……那还是我比较不容易被炒 #

03

又被楼上乱跑扰民的小鬼吵到了，例行抗议则又被纵容的家长怼。今次的争执全程我按了手机录音，想说万一要找第三方评理也有个证据。完了关掉录音。小兔说：别跟不讲理的人扯了。我说：好歹录了个音。然后打开听听效果，出来两句话：别跟不讲理的人扯了。好歹录了个音。

#……把录音和播放弄反了 #

04

小兔：我一朋友送了她男朋友一套昂贵的香水，但他们却在圣诞节分手了。我：为什么？“那男的有病。”“这样啊，看来你朋友并不是真的爱他。如果是真爱，有病又怎么样？陪着他一起把病治好不就行了？在真爱面前，即使绝症也没什么可怕的。”

#……你也有病。#

05

跟小兔吃火锅。夹了块牛肉想涮清汤，一不留神掉进红锅，哇哇大叫：沉下去了！快点救它！两人一阵打捞，出水时牛肉已吸饱辣汤。我说：完了，淹死了。小兔果断说：不能放弃，我来做人工呼吸！然后抢着吃了。

#……等等！我可以自己来的！ #

06

跟小兔去吃火锅。她点着材料问：你怕吃肥肠吗？我：怕！她：喔，那都归我啦！片刻又问：黄喉你敢吃吗？我：不敢！她喜悦道：我敢，我来吃！过了会儿再问喝酸梅汤吗？我：不想喝。她：我想喝，酸梅汤一份！

#……所以咨询我的意义是什么啦？！ #

07

又想去九州了。看着地图，说日本许多县名真是好听呀，青森县、千叶县、山梨县、鸟取县、爱知县……小兔说：我知道更好听的县名。我说：什么？她说：香菇猪肉馅、韭菜鸡蛋馅、玉米虾仁馅、三鲜馅、蟹黄馅……

真是个个美不胜收

08

札幌有个狸小路商业街，食物药妆精品服饰应有尽有，是女性的购物天堂……回到札幌时我就跟小兔提议：我们去狸小路那里转转吧。

小兔：可是贾乃亮同意吗？

#……我想应该是不会反对吧 #

09

和小兔走过天桥，被广告上的姚晨吸引住了眼球。“你在看什么？”她质问。“没有啊。”我否认。“一定是别的女人吧！”“胡说，除了你以外，这个世界上的人在我眼里都是男的。”

小兔沉默了一会儿说：“……你对男的已经渴求到这个地步了啊。”

10

札幌不如想象冷，每天就是零度左右，我可是经历过哈尔滨零下 17 度吃马迭尔的人，没在怕的！不过地上很滑是真的，所以每次过冰面就大声提醒小兔：重心放低！然后两个人手拉手一起半蹲，摇摇摆摆蹭过危险地带。

确定大丈夫后再直立行走

11

刚跟小兔去吃饭。吃了会儿把筷子放碗上，小兔就指着筷托提醒我：筷托。我没反应过来：啊？她提高声音：筷托啊，同学。我：可这里这么多人……

12

跟小兔走进家米线店，看看菜单说吃这家吧，小兔却想吃隔壁店的煎包。老板见状忙说：你可以买一份煎包来我家吃，让另一个人吃米线。我们决定就这么办。然后老板说你帮我多叫一份煎包吧，他们家东西挺好吃的。

#……很实诚嘛 #

13

小兔说：还记得偷袈裟的黑熊精吗？西游里那么多妖怪，不是想吃唐僧，就是想泡唐僧，只有他偷了唐僧的衣服去穿，静静地感受圣僧的气味与体温，真是妖怪界的一股清流……

不，这么一想丫真是分外变态啊！

14

跟小兔路遇柯基，她惊喜地指着叫：柯基柯基柯基柯基柯基 ~ 柯基！

我接着唱：我们爱 ~ 你 ~

休息，休息一下

15

跟小兔说，听说《鬼怪》不错，男主很苏。“是么？”她神秘地说，“而我听说，有家店做的锅烧肉更酥！”

什么跟什么啊？！ ## 但，不禁就馋了起来……#

16

小兔带我去她喜欢的面店，面端上来，丰盛喷香，小兔充满感情地说：这家店很棒吧？你看这么大一碗，别家店可没这么大方；你看这么多配料，别家可没这么多花样……

我眼疾手快地挑出一根头发说，你看，有头发。小兔面不改色接着说：别家店的头发可没有这么长……

#……那还真是非常良心 #

17

跟小兔下馆子，吃一道炖蛋，她赞不绝口，说鸡蛋真是神奇的食材啊！可以做好多好吃的菜啊！鸡真是了不起啊！说到动情处，招手让服务生加一盘炸鸡。

鸡：excuse me？！#

18

午餐吃的甜虾，跟小兔说：这甜虾有着让人舌尖一紧的鲜甜，肉质紧实中又不失细嫩……被打断：少跟我装逼了，说大白话！我只好说：挺他妈好吃的！

雅士的陨落

19

小兔手上提着东西，用脚去把虚掩的门勾开。我批评道：太不雅了！她害羞地收回脚。我就上前示范怎么优雅地用脚勾开门。

20

吃饭，控制着食量。小兔问：要吃肉吗？我：不要。“要加饭吗？”“不要。”“要甜品吗？”“不要。”“要碧莲吗？”“不要。”她就鄙夷地看着我。

竟趁火打劫！

21

“我吃饱了。”“你吃饱了？”“啊。”“你看着我再说一遍，”小兔瞪着我的眼睛，“你、吃、饱、了？！”“……没饱。”“那我们再加两个菜。”她欢快地挥手叫来服务员。

22

开车载小兔，导航每次提示“前方有违章拍照”，她就会立刻整理仪容，正襟危坐，笑颜如花，偶尔还会嘟嘴比剪刀手。我说你干吗？她说你随时可能违章被拍下来，但只要我努力卖萌，警察叔叔可能会被迷惑，从而放我们一马……

#……不，我要是警察应该会更火大 #

23

小兔夹了块炸鸡，不慎掉在桌上。我说不要紧，三秒内捡起来还能吃，她就夹起来丢我碗里说，脏死了，能吃你吃。我想不到她会这么对我。于是在她夹起下一块炸鸡时碰了她一下，炸鸡又掉了，又归我了。

24

小兔说有家海鲜餐厅，周围环绕着水族馆般的玻璃缸，生猛海鲜翻腾遨游，眼睁睁看着人类食用它们的同类。我说太残忍了！它们要是抑郁了会不好吃的！小兔说也或许它们会无比紧张，从而导致肉质更加紧实弹牙……

不无道理

25

路上看到俩少男咯吱嬉闹，搂搂抱抱，小兔坏笑着推推我说，快看，好恩爱哟。我说你够了，男生亲密些就非得是那种关系吗？小兔就有点反省的意思，点点头说：你说得对，不能排除他们只是父子。

#……不，这听起来更离谱了！#

26

走进一间香水店。小兔问，我能买一瓶吗？我说，太贵了，最好不要。“你说买哪一瓶好？”“我说不要。”“这瓶吧，这味道不错。”“我说不要啊。”“还是你觉得这瓶较好？”“喂。”“决定了，那就买这瓶。”“……不要完全无视我的意见！”

27

跟小兔吃午餐。饭里撒着海苔碎，小兔吃了两口说不够好吃，我说，你把旁边的辣鸡块拌进去一起吃，就好吃了。她试了试，惊喜地说，真的哎。我欣慰地笑了。她边吃边快乐地说，饭就是要跟辣鸡一起吃。

#等等，听着有点不对…#

28

小兔喷了香水，我深深一嗅，温柔地说：有玫瑰花的香味！她也凑近我深深一嗅，认真地说：有猪五花的香味！

#……你这样戏就很难接下去了#

29

最近写个吸血鬼小说，人名很难起，希望中二又洋气。小兔说，就叫刘福贵吧！

我：……啊靠，这是吸血鬼的名字！吸血鬼叫刘富贵算什么？！小兔一听急了，大声说：不是富贵，是福贵！

#……是有很大不同喔？！ ## 丫还建议女吸血鬼叫张丽萍 #

30

《神盾局特工》第三季很受好评，等不及养肥才看了。据说沃德还是很黑。想起上季里，有个毁容了能变脸的女反派，跟沃德关系不错的，叫啥名字来着？记不得了。就问小兔。小兔想了想说：沃德的 CP，大概是叫 Excel 吧？

#……好像没什么不对 #

31

车经过个收费口，要交钱。当时天色已晚，想说开个灯先，小兔却已经从包里找出了钞票递上去。我们惊讶她是怎么在昏暗的车里如此迅速而准确地找对数额的？小兔不好意思地解释：我一看到钱，眼睛就会发光……

#……走近科学 #

32

晚上坐车看到这辆，小兔指着就叫：233！我立刻叫：达不溜达不溜达不溜！她“……”了一下说：诶取诶取诶取！我们一起：呵呵哈哈红红火火恍恍惚惚何厚铧……

深井冰在广州

33

跟小兔逛街，她总是眼观四面耳听八方，偶尔地上出现痰迹狗屎啥的，我差点要踩到了。亏得小兔及时发现，大叫：“小心！”每每吓得我脚步一歪，准确踩中。

34

跟小兔坐车，一路玩手机，她忽然凶我：吵死了！闭嘴！我：……我没讲话啊。她：你也知道喔，所以干嘛不讲话？……喔，原来是傲娇地让我陪她聊天呢。我就说：我想起一个有趣的事……她：吵死了！闭嘴！

#……至少这次凶得有逻辑 #

35

小兔忧心忡忡地说：股票再这么跌下去可怎么办啊……我：你又不炒股，苦恼啥。她：可我群里一些炒股的只要赚了就会发红包，我前后抢了上百了，最近股市不好他们都不发了啊……

食物链底端的忧伤

36

吃小龙虾。小兔捧个碗笑眯眯等着，我剥好一只就丢一只给她。邻桌是一对各自剥虾的情侣，女的看看我们，对男友娇嗔：你看，人家都不用自己剥的，好幸福哦！……我听了很爽。对，就是这样！快让他剥给你吃！……结果那女的剥了个虾丢男的碗里，甜甜地问：有没很幸福呀？

#……剧情怎么是酱？！ #

37

写小说，有个剧情是某铁血女汉子学会了化妆，整个人妩媚起来……问题是我根本不懂化妆，怎么写？就问小兔：长得很阳刚的女孩怎么化妆比较好？她：很简单啊，先把头发尽量剪短，再把眉毛画得笔挺英气，再贴个假胡子……

#……渐渐变成了不一样的故事 #

38

跟小兔在街上争执，人来人往不好看。好在之前拿了几张传单，一旦有人靠近，我就挥着传单说：这位小姐我们这活动真的很划算！小兔也默契道：可是我刚在别家办了会员耶。“不，不，你对比下就知道我们的优势了。”“不然你留个名片我改天去体验。”……总之骗走路人再吵。

偶尔会入戏太深觉得一定要拿下这个客户

39

旅澳期间看到超多老外穿着耳环、鼻环、唇环、脐环……跟小兔说老外真的好喜欢在身上穿点啥喔。小兔说我们不也是？我说哪里有？丫指着我的衣服说，所以你想裸奔是吧。

竟也是无法反驳呢

40

我说缺钱，一堆人留言：你发广告吧，我不取关你。感动哭。跟小兔说：还有比这更温暖的微博留言吗？小兔回答：你发自拍吧，我不取笑你。

#……有一种神秘的尝试冲动……#

41

皮肤干燥，问小兔有没办法，她拿了个化妆水倒我手心，说用拍的涂在脸上，我就“pia”地一拍，水滴溅到了小兔眼里……小兔尖叫时我一边左右开弓地拍脸一边道歉说奴婢该死！奴婢该死！……

42

看蝙蝠侠 75 周年展。有个游戏区，和小兔一起玩，我选蝙蝠侠她选罗宾，她不太会玩，气得我骂：罗宾！没吃饭吗！我平常怎么教你的？！小兔：布鲁斯，救命！我：出任务时别叫我名字！她：老爷！快来救救小的啊！

#……忽然产生了周扒皮与长工组团刷怪的奇妙错觉……#

43

去吃了炒　条、芋包、鲨鱼萝卜汤、海苔卷……感觉饱了，又被拉去吃龟苓膏，然后又被拉去喝牛杂汤和花生汤……感觉快炸了，小兔还在一旁鼓励：你现在不吃饱一点，到了下一家怎么有力气吃？

#……说得好有道理，我竟无胃以对……#

44

看电视时，小兔走来，面对我，挡住画面。我就朝左边伸脖子，试图让视线突破防守，她也跟着朝右边伸脖子，仍然挡住画面；我又迅速朝右伸脖子，她也迅速朝左伸脖子，总之挡得天衣无缝，宛如照镜子！我想了想，高举双臂，全身像蛇一样妖娆而缓慢地扭动着，她就默默走开了。

#哼哼，谅你也不敢继续模仿#

45

和小兔吃 KFC。看着薯条与官配番茄酱，想了个童话：土豆番茄说好永不分开，成长让他们天各一方，土豆变成了薯条，临死仍记挂着番茄妹妹，忽然他听到一包番茄酱轻轻的呼唤，“是你吗？”……说到这里，小兔问：土豆长在地底，应该没机会跟番茄认识吧？

#……恶鬼！面对如此荡气回肠的爱情竟能理智挑 Bug！#

46

小兔的吃饭习惯是必然会剩一口说吃不下，无关碗大碗小饭多饭少，总之就是要剩。如果碗里的饭本就只有一口的量，估计丫就直接可以不吃了。勤俭如我，是不能忍受剩饭的，就拿过碗想把剩的那口扒掉，而这时，丫又必会作嚎啕状跟同桌的人哭诉：“你们看这货多馋啊！一口饭也跟我抢！”……

47

在吴江路吃睽违已久的小杨生煎时，小兔问为什么这个叫小杨生煎？我说因为它是小杨做的。小兔就看着对面的南翔小笼自言自语，这么说那个是男翔做的了……

住嘴啊啊这两个我都超喜欢吃的！

48

柬埔寨的许多古迹都跟百年大树唇齿相依，你中有我我中有你。场景因此壮观。拍照的时候，看到小兔平端起相机，心想这样如何能将高处摄入镜头，连忙挥手指示：竖！拍竖！拍竖！她愣了愣，将镜头从我身上移开，拍了一棵苍天大树。

49

吃着泡面。小兔馋兮兮地问，“你在吃什么哦？”“看就知道了嘛，泡面啊。”“哦……（咽口水）”“想吃吗？分你一半？”“嗯！”于是我小心地把面汤里的气泡都捞出来，“啊——”

50

吃花生的时候小兔说，考考你，哪些古诗里出现过花生？我张嘴就说：红豆生南国……不对这是红豆不是花生。那《落花生》？不对这不是古诗……左想右想想不出，就说你揭晓谜底吧。小兔得意洋洋地说，听好了啊：好雨知时节，当春乃花生……

51

跟小兔逛西门町漫画店，小兔基本也算甜糯萌软，带到阿宅林立的地方就很有面子。尤其她一会一会拿本漫画来撒娇：可以买咩？买嘛 ~~ 求你嘛 ~

呼呼，简直是充满恶意的设定呢。但在我第 N 次表示不买后，她黑着脸怒骂妈蛋啥都不买带老娘来这干啥！踩我一脚摔门而去。

……然后我就在满屋幸灾乐祸的视线中灰溜溜地去追。

52

台湾蛮多人信怪力乱神。听了些鬼故事，心里发毛。早上离开春谷牧场，小兔脸色不好，轻声跟我说她撞邪了。“……什么情况？”“你看前面那女的。”我就向前看，看到一个长发及腰的高个女人。小兔轻声说：“注意她的脚……”我就注意看，虽然裙子很长，但她有脚的啊……这时小兔说：“看到没，她鞋跟我一样。”

53

在太鲁阁的半山腰，我们下车上厕所。小兔出来后很害怕地跟我说：“好恶心啊！墙上有只蛾子！很大的蛾子！”我忙说：“镇定一点。你上的是女厕所啊。”“所以呢？”“所以应该是女儿。”

54

晒了几天的衣服可以收了吧，但手摸上去凉凉的，不好判断是不是仍旧很潮湿。小兔教我，把脸贴上去感受一下就知道了。因为面部温度一般比手高。我闻言就条件反射地把脸凑上一条裤衩……“变态！变态！”小兔兴奋地指着我大叫。

#……#

55

想了个段子：某女星粉底很厚，别人说卸妆很麻烦吧？女星微笑，张口道："______"然后就噼里啪啦掉粉了。但关于她该说什么，我拿不定主意。小兔就给了我几个建议：1龟梨和也超丑！ 2生田斗真超丑！ 3福山雅治超丑！……说随便上哪个都能掉粉掉成负数。虽然对日星完全不熟也觉得好厉害的样子！还是放弃吧……

56

小兔问："晚上要不要出去吃？"我："你想吃那个新开的上海餐厅？"她惊喜："你怎么知道？"我一笑，甜蜜地点点她的鼻尖，想说一句诗情画意的"身无彩凤双飞翼，心有灵犀一点通"，一开口却不幸说成："你丫一撅屁股我就知道要拉什么屎。

57

冒痘了。小兔说，给你做个面膜吧！我以为面膜就是一张白膜上掏仨窟窿，结果她把一片片湿纸巾覆我脸上。顿时表情紧绷，说话都是瓮声瓮气。我说，我第一次做面膜。小兔说，啊？你说啥？我说，这面膜很贵吧？她说，啊？你说啥？我说，你是笨蛋。她揪住我的衣领说，你敢骂我？

人类对坏话的敏感试举例

58

跟小兔去买了很多东西。小兔提着个大包，我提着个小包，小兔委屈地说，你看你都提轻的，我提重的。我连忙将小包递给她，然后说，现在轻的和重的都是你提了。

59

路遇荔枝摊位，色泽红润状若玛瑙，脱口称赞：“好漂亮！”小兔问：“它漂亮还是我漂亮？”“当然它漂亮啊！”她就忧伤地说：“既然这样，你为什么还要跟我在一起呢？”……嗯，我也想知道我为什么要跟一个和荔枝比美的人在一起……

60

稿子写得各种不顺，又被催得死紧死紧，于是躺在沙发上生闷气，生着生着……居然睡着了，醒来之后觉得神清气爽，以飞快的速度顺利完成了稿子。把这件事洋洋得意地告诉小兔，她点点头：“所以说遇到问题的时候，重启一下就好了。”

61

养猫养得神经过敏。小兔的一个手机游戏，会传出猫的叫声，每次一响起我就大叫：“是谬谬！谬谬在这里！”“没啦。是手机。”走在街上手机叫，“是谬谬！谬谬在这里！”吃饭的时候手机叫，“是谬谬！……”“哎呀你烦不烦！”

62

小兔：“准备好了没有？”我：“准，准备好了！”“那我来了！”小兔说着把冰凉的手伸进我的脖子里，“哇啊啊啊啊啊……”我发出凄厉的惨叫……这人每个冬天都是这样取暖的！

63

带小兔去香港玩的时候，她激动地对我说，幸好我跟了你呀，如果跟了别人……我得意道，怎样？“也许早就去欧洲了呢！”“……”气氛顿时变得超差……

64

我对小兔说，我是非常重视女生外在美和内在美的结合的，所以我才会找了你啊。小兔内疚地说，但我觉得我只有外在美而已。“……你还真不客气喔。”

65

小兔把吃剩的面推给我解决，然后在一边深情地看着我说，你看你多好啊，同时拥有美食和美女。“……美食？”我冷笑着从碗里夹起一根一丝肉都木有的骨头。

66

我跟小兔说，我的右胸里有个东西直跳，搞不好我有两颗心了。小兔：那赶快卖掉一颗！“……喂，你的第一反应就是这样吗？！”

67

吃完西餐出来对小兔说，每当我吃到这种昂贵又美味的食物……“就很想奋发图强赚更多钱经常来吃？”“不，我就好想来这里打工，然后靠吃客人剩下的和舔盘子度日。”“……这人是不会有大出息的。”

68

公车上见到个肤白貌美的女老外，很亲密地与一个其貌不扬的中国男子勾肩搭背。小兔说，你看人家多会把妹子！厉害吧！你认输了吧哈哈哈！我：……你是真的想损我吗……

69

今天主要是在中环半山那里吃东西，大街小巷纵横交错完全是迷宫！走一会儿就要停下来查查地图，这事儿主要是交给方向感比我强的小兔。在她专心地搜索着地图上的路标时，无论如何也希望能帮上忙的我所能做的只有在她耳边清唱“敢问路在何方~路在脚下~”唱到第三遍的时候她说，你丫能闭上嘴吗？

70

小兔：你要去补红楼梦啊。我：那个好闷的许多地方看不进去啊。“那你就跳着看啊。”“可我喜欢坐着看……”

71

吃 KFC 的时候拿了仨手套，和小兔一人一个，然后我那个掉地上了，下意识捡起来重戴，小兔说，你干嘛这么省。我恍然大悟，对！咱今天也奢侈一回！就豪气地把那手套丢了，换上第三个。

72

不用电脑时，我都习惯把电脑调成待机模式。那天小兔催我出门，我说：“等等，我忘了待机。”小兔惊讶道：“为什么出去玩还要带鸡？”

73

跟小兔分享麻辣鸭舌。丫边吃边轻蔑地说，想不到你一个大男人这么喜欢嚼舌根。我说闭嘴，你这尝舌妇。

最重要的事

文 / 那夏

积极的悲观主义分子。
太阳处女月亮水瓶，占星等伪科学信奉者，
特长除了编故事，还有卖萌。

牛仔裤的锅

认识我先生之前，我只是听说和在照片里观赏过理工男这种并不稀罕的生物。如此少见多怪，可能一要归咎于我从事的工种太文艺，二要归咎于我交往过的男人太文艺。

总之，都是太文艺的错。

所以直到活到二十三岁，理工男于我而言始终都还只活在朋友们偶尔发给我鉴赏的照片里：他们爱好穿显老十岁的 POLO 衫或者大格子衬衫、直筒牛仔裤，脚上踩着一双令人一言难尽的大头皮鞋。

可怕！真的超可怕！

偶尔和闺密吃宵夜，我会忍不住感叹，如果理工男真如江湖传说的那般不靠谱，那么这辈子就算单身，也比嫁给一个不解风情的理工男好啊！

我当时没有想过自己有朝一日会和理工男谈恋爱，更别说结婚了。

朋友S跑来call我的时候，我刚好很闲，是真的闲，失恋，辞职，倒光积蓄付了个小户型首付，银行卡余额为零，也不好意思到处哭穷，干脆就在家里安安心心地睡美容觉，自拍，写稿。

某天下午我又发了一张自拍上微博，S忽然微信叫我：周末免费午餐，吃不吃？

我：？

S：哥哥请你吃饭！吃烧白！

作为一个文科男，爱好是吃烧白也是没谁了，难怪毕业就发福，我默默翻了个白眼。可虽然对吃的内容不太满意，但好歹是免费午餐嘛，我还是欢欢喜喜地答应了。

周六赶到吃饭的地方，才知道这是S哥哥下的套，买单的冤大头并不是他，而是我先生。

一桌子人只有两个熟面孔，我心里大概有了底，但还不是那么确定。

现在回想起来，自己当时也是心大，非但没有当时就拉下脸，还开开心心地吃完了那顿饭。

结完账，一群人准备去玩密室。我走在最后，拉住S：搞什么？

S指了指我先生的背影：他在微博看你照片好看，让我约你出来请你吃饭。我看我能蹭饭，就答应了。

一顿烧白就卖了发小，S这个人可以说是非常有节操了。

虽然当天我很礼貌地和大家玩了密室才回家，也很配合地加了我先生的微信，但是，但是，那时的我，是完全没有打算考虑让他做我男朋友的好吗！

至于理由嘛，时隔四年，我依然耿耿于怀。

记得有天我一边坐在客厅陪他看《欢乐颂》，一边循循善诱地问他：

你还记得第一次见我时你穿的衣服吗？

他：什么？

我：你穿了一条牛仔裤……

他：嗯？牛仔裤怎么了？

我忍了又忍，才挤出一个微笑：那条牛仔裤的裤脚磨坏掉了，还巨长，一路都拖在泥水里……你知道我在你身后看着你的时候一直在想什么吗？

他：想什么？

我：你这种不修边幅的男人怎么会有女人要！

他讨好地蹭了蹭我的脸：可你还不是嫁给我了？

我有点气结：……好像也是哦。

这种打脸的事，好像自从我决定和我先生谈恋爱以来就一直在做。不过我好歹是个有底线的人，所以在我们正式在一起之后，我对他提出的第一个要求是：麻烦把你的牛仔裤都扔掉！谢谢！

牛肉面的决心

真正考虑和我先生在一起，是因为一碗牛肉面。

其实事到如今已经完全不记得当时爸妈为什么会吵架，也不太明白为什么当时二十三岁的自己会因为父母吵架而感到如此恐惧，以至于担心他们会因此离婚，总觉得那是十几岁小女生才会有的情绪。

也许是从没有见过发如此大脾气的爸爸吧。作为好不容易在一起的再婚家庭，我非常珍惜这种完整，它一度让童年的缺失在我心中显得不那么重要了。

所以在爸妈那一场可怕的争吵之后，我反而成了全家情绪最失控的那个。

爸爸摔门而去，我一边哭一边摁着电梯跟下去，发现他只是躺在小区的亭子里睡觉，才总算松了口气。

然后“哇”一声哭了出来，一边哭，一边给当时还不是我男朋友的我先生打电话。

当时已经是夜里十二点过了，我先生已经睡了，听到我的哭声，一下子蒙掉了，老半天才问我：你怎么了？

我不说话，只是哭。

大家都说男人一直是长不大的小孩，其实也许每个人内心都住着一个小孩吧。

我哭了老半天，我先生突然冷不丁地问我：饿不饿？

这种清奇的脑回路让我一瞬间愣住了，其实我不饿，但我还是撒了个谎：有点饿。

我只是想有人来陪陪我。

那时候我先生还是住在他父母家里的，他说了声“好”，然后挂了电话。

其实我知道，他赶过来还需要很久，因为我们分别住在这座城市的一南一北。

但那一瞬间，是真的觉得，我心里的恐惧被他治愈了。

后来，他说起那顿牛肉面总是表现得非常肉痛：来回打车费加起来接近两百块啊！这应该是我这辈子吃过的最贵的面了！不过好在那顿面让你爱上了我，知道了我的可靠，哈哈哈哈！这么想还是很划算啊！

理工男嘴皮上的功利心令人发指，但我知道，那一刻他不是这么想的。

如果只是为了追到我才大老远地跑来请我吃面，我想，我最后是不会嫁给这个人的。

起码那一天，我们都没想过之后的种种，只是安静地坐在通宵面馆里吃面。

其实我根本没有胃口，也不觉得那家的面有多好吃。

只是在一年又一年过去之后，我经过那家面馆，都会忍不住想，以后能三不五时地陪他来这里吃顿宵夜，应该也是蛮不错的。

还记得那天送我回去的路上我先生甚至没有拉我的手，后来我问起来，他说是不敢，也没往那处想。

他甚至挠头表示：当时你哭得像鬼一样，我还去拉你的手，万一你不高兴，是不是得号得方圆十米的人都嚎醒了？其实我也压根没往那处想，而且就算真没在一起，也没什么……追女孩子追不到就算了，反目成仇没必要嘛！

有人说真正爱一个人是不需要理由的，作为一个处女座，我始终无法认同这个观点。真正爱一个人，一定是看到了他灵魂深处闪闪发光的地方，无关磨破边的牛仔裤、不够帅气的脸，和不解风情的稚嫩。

我很幸运的是，能遇到了一个大气不斤斤计较计较的人。

浪漫的训练

在一起后，为了训练我先生的浪漫细胞，我曾经狠狠地下了一番功夫。

首先是培养他给我写情书。

在得知他二十五年的人生里没有写过一封情书的事实后，我沾沾自喜地觉得自己捡了个便宜的第一次。

但很快，我意识到我错了。

他发来的名为《情书》的文档大致分为三部分：第一部分，阐述我们相遇的经历；第二部分，赞美我的优点；第三部分，展望我们的未来。

我迅速浏览完第一部分的内容，点头，还好，无功无过……但当手指滑动鼠标拖动页面到第二部分的时候，我沉默地崩溃了。

所以说，现在的情书流行图文并茂的。

在夸奖我眼睛好看的部分，可能是怕表达得不够到位不够具体，他竟然选择了配图。但他配的图不是赵薇、朱茵、张柏芝这些公认眼睛好看的女明星，而是当时在天涯和微博上被疯狂吐槽的《新还珠格格》的女主。

在那张疑似斗鸡眼的剧照下方，我先生大概用尽了他毕生的才华，写了一长串形容眼睛好看的词，我看完终于崩溃了，Q他：我眼睛哪里像斗鸡眼了？

他：？

我：你干吗还要配图？

他：我语文不好，为了形象生动一点。

形象生动！

我默默地关闭了聊天框，那天之后，我再也没有让他给我写过第二封情书。

而那封情书，我既舍不得删，也不忍心再看，只好永永远远地将它放进了隐藏的文件夹中。

鉴于他在我之前只有一次恋爱经历，在节日的安排、礼物的挑选、甚至花的选择上，我很长一段时间内都抱着宽容的态度。

但当他把送我的第一盒永生花捧到我面前的时候，我还是含蓄地崩溃了。

我：……绿色的啊。

他：你不是不喜欢红色吗？

我：对。

他喜气洋洋地表示：所以我才选了绿色啊！

绿色……绿色……

那一天，在我难得晒出的恩爱图下，无数的朋友们心领神会地排队送上了他们的祝福：哈哈哈哈哈哈哈！

我先生还很困惑：我觉得很好看啊！

我已经不想和他再说什么了：嗯，好看。

除了颜色的寓意不太对劲儿外。

看出我不太开心，他赶紧拉我到他怀里：哎呀，绿色是希望的颜色！他们不懂！

我有点惊讶，看不出来，在这种时候，他竟然还挺会说话的嘛！

也许是托绿色永生花的福，我们最后真的结婚了。

因为选的是室外婚礼，婚礼前三个月，我的精神高度紧张，生怕下雨。

没想到真是怕什么来什么，婚礼当天居然真的下雨了，且还是暴雨。

事先安排的很多环节都被迫取消了，我强打精神，却还是难掩一脸沮丧。直到进行到誓词环节，我先生握着我的手，对我说：我知道这场婚礼你花了很多心思，这样的天气，令你很失望。但我答应你，今后我都会尽我所能，满足你的全部心愿。就算我不能把雨天变成晴天，也会陪你度过每一天。

我的眼泪啊，一下子就涌了出来。

婚礼前我问他誓词写好了吗？他说没写，回头想到什么说什么。

基于他写情书的水准，我对他的誓词根本没抱希望。但那一天他说的话，却让我突然意识到，也许真正的浪漫，根本不是训练出来的，而是发自肺腑的行动。

我始终不觉得我们的故事有多么浪漫，甚至还有点过于简单。既没有动魄惊心的一见钟情，也没有跌宕起伏的狗血。

但我们很幸福，我想，这才是爱情里最重要的事。

奇怪的她

文 / 马拓

知乎高人气作家。看尽世间繁杂，捕捉人性温暖。
著有《只有警察知道》《神经双探》等。

我有个哥们，去年夏天忽然跟我说要追一个姐们。哥们各方面的条件都很好，像极了鬼眼狂刀，按说追女孩不是什么难事。可他却说，要追的这个姐们超级奇怪，行为太诡异，得跟我探讨探讨。

我说："女孩子奇怪也是情理之中的事，姑娘家哪个不是有点儿小脾气、耍点小威风，矫情一些、傲娇一些都正常啊，你嫌事儿多可以别追。他却说自己看上的这姐们不怪在这儿，让学侦查的我务必帮他分析分析。

我说："你这么一聊就事大了，你不会是爱上什么女毒枭或者色情间谍了吧？"

哥们说"哪有！"

哥们喜欢游泳，说那天去健身房游泳，姐们从同一个泳道的对面游过来，游得挺猛，自由泳游得跟超市抢购打折商品似的，一巴掌呼过来，直接把哥们的泳帽呼掉了。哥们蓬头垢面地在泳池里站着，发现姐们竟然是个美女，超级秀气的那种，身高竟然和他很配。两人都很尴尬，齐心协力扑腾着潜水捞泳帽。池子外的人都看傻了，以为这二位神人打赌练憋气呢。

俩人就这么认识的。姐们好像是单身。

我说："这邂逅多好啊，以后你俩好上了，一闹矛盾就想想这相遇，包准和好如初。"

哥们说爱上姐们才是一系列怪事的开始。他说姐们人是挺好，每次游泳基本都能看到她。可能是因为他的游泳时间比较固定，每次到了泳池，姐们已经在那儿游了好几圈了。

哥们每次都游到姐们身边去没话找话说，姐们似乎也是个直爽人，爱跟他聊，还相互打趣，闹熟了，两人还戏两下水，经常被看池子的大爷怒吼。但由于他每回下午都急着去上班，所以都走得比较着急，跟姐们在池子里共处的时间也就中午那一个小时左右。

我感觉这家伙其实是在向我撒狗粮，怪事在哪儿？

他说后来因为喜欢上了姐们，有点儿越陷越深了，想着总不能在池子里交流感情，都没法壁咚，于是去约姐们。姐们倒也不端架子，每回都说：那就约着一起游泳啊，我平时都哪天哪天来你也来呀。哥们说咱们可以去逛逛街、看看电影啊。

一向爽快的姐们跟他打哈哈，不喜欢那些，只喜欢游泳。

要见面就约游泳啊。我说这是有点儿奇怪。恐怕专业的运动员的生命中也不能只剩游泳吧。她就不喜欢美食和罗曼蒂克？不喜欢美国队长和陈奕迅演唱会？不想在自己心仪的男孩儿面前展示一下自己的穿衣风格和妖娆发型？

结果这姐们不。每回面对哥们，都是棕泳帽绿泳衣，跟酱爆鸡丁成精似的。

但哥们就是相上她了，越陷越深。后来一想管他呢，慢慢培养感情也行，只要能经常见面，这追求指数登时就降低好多。哥们那一阵真是下了血本，为了能使中午翘班游泳合法化，他还给领导办公室买了一台空气净化器。

结果接下来的事又让哥们心神不定了。原本哥们成天跟打卡似的去游泳，日复一日地在泳池里虐单身狗挺快乐，感情却没有进一步的升温。甚至还给了哥们了两次致命的打击。

我明白了：人家有男朋友？还是拒绝你了？

哥们说，不是。她在外面装作不认识我。

原来有那么两次他替公司办事，路过那家健身房，正好看见姐们从健身房出来，姐们穿得还是挺漂亮的，俩腿美得跟两道光似的照得哥们心花怒放，赶紧上去打招呼。结果姐们扭头一看是他，脚底生风地就跑了。两回都是这样。

我说：那后来呢？后来你找她游泳时怎样？

他说后来找她游泳时又一切正常啊。还说那天根本没看见我，她说她视力不太好。

我觉得自己侦查学专业性终于有地方发挥了：她在街上不理你那两次，身边是不是还跟着其他人？

哥们说：没有。

我说：你叫她的声音不够大？

哥们说：不可能，她都看见我了。

你穿得太多，她把你认成陌生人了？

你大爷，三伏天里我能围着围脖出门啊？

我确实想不明白了：有没有例外的情况？比如你和她在泳池以外的地方碰到，能正常交流的？

哥们想了想，说例外倒是有一次，当时是雾霾天，在健身房门口，姐们好像来晚了，俩人聊了几句，然后一道匆匆进去。

我彻底蒙了。我说那我也不知道她为什么对你忽冷忽热的。也许这个人比较善变。

后来我们想了一个办法，虽然这个办法有点说不出口，但为了讲清楚这个经过我也必须坦白了，就是我们动用所有的社交账号来看看有没有自己朋友圈的人也认识这姐们；查一查这姐们是不是有男朋友或者有什么难言之隐之类的。这办法虽然耗时耗力，但一旦有进展那简直事半功倍。说个通俗易懂的，微博不是有那个“关系”功能么，能找出她的粉丝和关注里有没有与我们粉丝和关注里有交集的人群。就算不是直接有，也可能是间接有。大家如果有闲工夫可以去试试，别说不可能找到，我和很多 v 都有，网络就是这么神奇。我们貌似就是利用这种方法再加上各种打听和询问，知道了姐们的一些事。

知道以后，我跟哥们吃惊了一下午，一点不夸张地说，在我的房间里，我俩瞪着电脑，看朋友给我们发来的关于姐们的消息，一个多钟头没说话。

姐们原来就是上的我们附近的大学，上到大三，退学了。为啥？学校里都传她精神有问题。

当时看到这儿，我哥们差点把我新买的三星显示器拍碎。有你大爷问题啊？有问题，能喜闻乐见地聊孙杨拿了奥运会金牌，能理智地预测美国大选能一本正经地评论易建联和湖人的关系，能那么一脸嫌弃地说自己又弃了哪部美剧。

“线人”传递过来的完整消息是这样的：姐们大三之前是学院里妥妥的校花，上大三以后因为一件事，整个人好像就抑郁了。因为什么事“线人”也没传达清楚。大概的意思就是，姐们家里那时候有个病人，病人总是用一种劲儿特大、味特难闻的药。后来姐们来学校，就有人说姐们身上有那种味道，呛人。那一阵姐们家里事多压力大，再被同学这么疯传自己，精神上肯定崩溃啊，于是见人就躲，怕别人说她身上有味。后来情况愈发严重，去了医院治疗也效果寥寥，最后就退学了。

这传她身上有味的绝对是一些嫉妒她的人。我和哥们正义凛然地达成一致。

后来的事我们都能分析出来了。姐们退学这几年因为远离学校喧嚣病情好转了一些，没事就靠锻炼来对抗抑郁，包括游泳。她在泳池里没有“身上会传出异味”的顾虑，可以跟哥们畅所欲言，但一旦接触正常环境，她的症状就又会体现出来，不敢面对自己，不敢面对对方。

我说每次游泳，怎么从没看她出过泳池。唯一一次在健身房外面她和我说话，是因为雾霾天我戴着口罩。

哥们大彻大悟，自言自语，心疼百倍。

我说：你还想追姐们么？这可有难度。

哥们咬咬牙，说：“追！”

于是我们俩制定了一下午追求姐们的套路。没办法，为了挽救一个为情所困的弟兄，我觉得自己都有点媒婆风范了。

我开始制定战术，每一招都旨在攻破姐们的古怪防线。

首先，姐们不敢和哥们一起出泳池，那就要带她出泳池。当然强行带肯定不行，看池子的大爷会报警的。

我们先执行第一套方案，他还是像以往那样去陪姐们游泳。当然，一边游要一边聊（撩）。哥们开始跟他聊一些实际问题，比如你工作怎么样啊（姐们在社区工作），我现在的工作很无聊啊准备转行啊等等。其实我大学时专业就选错了，现在抱憾终身，本来我是想学化学的，没有学成。

我预计的是，姐们这会儿应该会问：为啥没学成化学啊？或者问：是不是分数不够啊？

我哥们就会回答：啊，因为我是瞎鼻子，闻不见味道，所以学不了化学。

多么严谨而自然的逻辑！一招制敌的节奏啊。

没想到我们亲爱的姐们这会儿接了句：我脚抽筋了！我得去池子边直直脚。

哥们汗颜地跟着她去直脚。

姐们扒着池子抖脚，哥们说：你知道我为什么没学化学么……

姐们说：哎呀这边刚放的消毒液。

哥们灵机一动：没事我是瞎鼻子我闻不见！

姐们一下傻了。四目相对，哥们觉得自己甚是唐突。

姐们自此将信将疑，甚至还有点儿神经过敏的感觉，对于哥们以后提出的各种邀约更是婉言谢绝。

哥们觉得我这招出得奇葩，这不是有点儿当着矮人说矮话嘛，于是他决定自力更生，自己想辙。

某天下午他请好了假，先和姐们去游了泳，然后按正常的时间出去，之后一直坐在健身房门口的台阶上。半小时后姐们出来，看见他刚要绕着走，哥们演技爆发，朝她呼喊：XX，我脚扭了，疼死我了，能扶我起来么？

姐们跟看见狗熊似的躲得远远的：我还有事，我去里面叫个教练来扶你吧。

哥们一脸痛苦：我这脚腕里有钢板，可能错位了，得去医院。

姐们只能过去扶他起来，两人打了车去医院。那一路哥们明显能感觉到姐们的不自然。但哥们而的宗旨是以不变应万变，该说说该笑笑，除了几下必备的装疼，剩下的都是自然而然。

那次之后，姐们可能有个认同：诶，这小子可能真是瞎鼻子啊？

于是两人交往的尺度慢慢打开。哥们能够跟她一起出入健身房，能够假装顺路办事陪她走回家，能够一起在小卖部买水，一起在池子边休息。这些看似稀松简单的共处，在哥们那儿简直是质的飞跃啊。

去年年底，两人开始约会。

与此同时，哥们还要保持“瞎鼻子”的本质，比如吃东西不能故意去闻味道啊，到了什么味道醇厚的场所不能说话啊。有一回他们路过一个臭豆腐摊，哥们下意识鼻子一抽，姐们还没说话呢，哥们赶紧打马虎眼：啊啊啊啊！鼻子里进蚊子了！

姐们还是不愿意去人多的地方。看电影不行，听相声不行，甚至也不愿意坐地铁、逛商场。于是哥们就带着她滑雪、爬山、在大风天打羽毛球、雾霾天逛森林公园……好一对幸福的神经病啊。

哥们跟我说，跨年夜他求婚了。

那是一座室外温泉，热气往上蒸腾，阻隔开了他们和天上的星星。

他说：其实我不是瞎鼻子。

姐们没说话。

他又说：可是我真的什么都闻不见啊。

姐们还是没说话。

哥们说：假如你过不了这道坎，我愿意当一辈子的瞎鼻子。

姐们说你可拉倒吧。一脚把他踹进了池子。

然后姐们在池子边哈哈大笑，她在岸上一群大爷大妈惊诧的目光里，深沉地说：这婚算我求的。

坏脾气

文 / 孙黯

袖珍怪兽，铁汉柔情，喜欢说唱和炸鸡。

微博 @恶犬孙黯。

01

认识我和钟熠非的人都说，我们俩是同一个模子刻出来的，除了性别以外没有任何区别，搁古代应该叫雌雄双煞。

我和他从小一起长大，一起打架，一起闯祸，一起失恋，脾气一样坏。

直到走进民政局大门的前一分钟我们俩都还在打架，他捏着我的腮帮子，我拧着他的耳朵，谁都不松手。

门口的保洁阿姨估计是看不下去了，犹豫了半天放下拖把，讪讪地走过来劝：“哎哟小伙子……小姑娘啊，有话好好讲嘛，是吧，既然决定要离婚，不要闹得这么难看呀，年纪轻轻的……”

“不是，阿姨。”钟熠非被我拽得快变形了，明摆着一张死人脸却萌萌地歪着头，眉毛抽动。

“我们是来结婚的。”

我也从他手里挤出一个龇牙咧嘴的笑。

“对。”

“……”

阿姨表示从来没有见过这种操作。

02

我和钟熠非的孽缘可以追溯到两人乳牙还没换完就要互殴互骂的年纪，感情深厚，源远流长。

他住我家对门，是我的邻居。那年头不比现在，大家住老式楼房，楼梯都不一样高，采光很差，一户户紧挨着，谁家孩子哭了隔壁都听得一清二楚。

所以那天我妈把耳朵贴墙上一听就知道，我又和人打架了。

“死丫头！”她骂我，“一天天的就知道给我找麻烦……说吧，这次是谁，是楼下张爷爷家外孙还是楼上胖婶家的儿子，自己道歉去。”

我脸上被她狠狠糊了块云南白药创可贴，嘟囔着说：“不认识。”

我妈气得两眼一翻几欲昏厥：“不认识你就敢上手？！”

“他弄坏了我的自行车。”我说。

“他？叫什么？”

“不认识。”

“……”

这个“逗你玩”式的对话循环了两个回合，我也很委屈。那孩子确实是生面孔，肯定不是我们这院里的。

但我不能因为我不认识他就放过他把我自行车弄没气的事。

我妈骂完了，气呼呼地回屋里喝水，润润嗓子中场休息；而我左耳朵进右耳朵出，膝盖上缠着纱布，碘酒渗出来了也不予理会，撑着一把小马扎坐在门口吃冰棍。

我是什么人？出去打听打听。

本家属院扛把子，席咏。拥有一下午连续弄哭五个同龄小男孩的光荣记录。

我舔了舔融化的糖汁，眼珠乱转，看着今天异常热闹的楼道，搬家公司的叔叔们来回奔忙，满头大汗地正往我家对门那户空了一年的房子里抬家具。

看来是新邻居。

我把吃得干干净净的木棍折断，“咔嚓”一声，再抬头，就看见刚刚和我打架那个小男孩站在我对面，过于白净的脸上带着被我指甲抓出来的红印和措手不及的惊讶。

紧接着那惊讶就转变成了愤怒。

“你是谁？”

他就是钟熠非。

03

后来我才知道，空了一年的屋子主人是钟熠非的爷爷，老人去年因病去世，把房产留给了孙子。恰好赶上我们该上初中了，这里离就读的学校近，地理位置好，他们一家三口就搬过来住了。

后来我也知道了，我的自行车带并不是钟熠非扎的，是因为我把自行车停在了沙坑旁边，那里生长着一种叶子坚硬又锋利的草。大人们搬家的时候他在外面玩，觉得车子碍事，想往远处搬一搬，没想到刚抬起后轮往前推了两步就听见“哧”的一声。

“谁吃饱了撑的闲着没事儿去扎你车带！”他轻蔑地说，“你以为你长得好看，我要用这种方式吸引你注意？”

我惊呆了。我头一次从另一个人嘴里听见如此与我雷同的发言，让我在“冲上去撕烂他的脸”和“跟他击掌”两个选项中犹豫不决。

虽然我死也不会承认，我长得确实不好看，童年时代尤甚，剪了短头发就完全看不出性别，鼻子眼跟有仇似的挤在一起；反观钟熠非，天生丽质、人见人爱，自打搬来那天起就凭借长相一举收买了整个家属院的中青年妇女群体。

我不喜欢他，他也不待见我，但毕竟是门对门的邻居，关系不好搞得太僵。更何况我妈和他妈一拍即合成了好闺蜜，两家人时不时地就举行周末聚餐这样的友好活动，我们俩到了饭桌上只能憋着忍着，佯装成青梅竹马其乐融融的样子。

等饭局散了没人管了，家长们都不在了，我们俩就又故态复萌，为了点芝麻大的小事掐作一团，打得不可开交。

"丑八怪！"他总这么叫我。

"低能儿！"我也这么叫他。

十年后的钟熠非有一天和我约会，我们俩在夜宵摊子上喝酒。他沉吟许久，兴许是被万恶的酒精蒙蔽了双眼，在独处的时刻难得展现出了属于成熟男人的一面，他看着我，语气像夏夜的晚风一样温柔："你不丑。"

我听见自己心动的声音，意外中也不自觉地放软了态度："你才知道啊。"

他不清醒地笑起来，年轻而天真，左脸颊上嵌了个浅浅的酒窝，乖巧地点头应道："嗯。"

我一把把他的脸按进了烧烤蘸料里，筷子酒杯滚了一地。

"告诉你，晚了！"

04

我们俩初中时同班，他是全班第三，我是全班第三十。

我就闹不懂了，一个能把校服穿成吊裆裤，浑身上下都是流氓习气的小混混，为什么成绩还那么好。

当然，我不是嫉妒他，嫉妒使人面目可憎。

我的愿望很朴实，就是每次和他打架都能赢。

打架是我唯一的特长，也是这点特长保护着我出生在一个周围全是男孩的环境里不被人欺负，偶尔还能欺负别人。

钟熠非肯定是我欺负不着的，十四岁一过，他的身高就一日日疯长，很快便高出我半个头。这可怕的差距在某个我们俩一起步行去上学的早晨被我察觉，顿时某种危机感包围了我，让我在不满的同时又深觉沮丧。

“喂。”

他也发现了，垂下眼睛轻蔑地看我，将手掌平伸，从他的额头划出一条直线到达我头顶上空，示威一般地来回晃动，表情幼稚且得意：“小矮子。”

我一阵来气，不耐烦地把他的手扬开：“滚。”

他便真的滚了，我们两个人踏进学校大门就自动兵分两路，他去找他的兄弟们，我去找我的小姐妹们。

我有个闺蜜一直很中意他，但他实在太难接近，凶悍、讲话粗鲁、习惯性地皱眉、对谁都摆一张在厕所熏了三个月的臭脸。

但闺蜜并不因此知难而退，她选择迂回战术——从我这里下手。

好朋友的请求我无法回绝，她试图用一套限量珍藏版海报和贴纸来贿赂我，让我给钟熠非塞一封她亲手写的情书。

“求你了，咏咏！”她很认真，“我的幸福就托付给你了！”

你的幸福也太闹着玩了！

可惜我拿人手短，只能硬着头皮上。

傍晚放学后，我兜里揣着那封烫手的情书，和钟熠非一起回家。父母们特意叮嘱过，让我俩平时结伴上下学，一是为了安全考虑，二是为了让我们彼此监督，放学后谁都别想偷偷溜出去玩。

替别人递一封情书本不是什么难事，但我硬是酝酿了一路，也没想好怎么开口。

钟熠非自顾自地讲了一路他和别的学校的混混约架的事，半天不见我应声，走进了楼道，他在我身后把声控灯喊亮：“你今天吃错药了？”

我吃了他一吓，扭过头直结巴：“放，放屁，哎，不是，那个……钟熠非，我有东西给你。”

“啊？”他疑惑地停顿了一会儿，说个“行。”

他在我身后低一级的台阶上站定，双手插着裤子口袋，仰起的脸十分不屑：“什么东西？”

05

待他读完那封信的内容，他的脸在楼道昏暗的灯光里飞快地涨红了。

他嘴唇哆哆嗦嗦、难以启齿似的，眼神不堪地伸手指着我，指尖颤抖：“你……”

我立刻明白他误解了什么。

“你有毛病啊！”我也涨红脸怒吼，“不是我写的！是别人！”

整栋居民楼都为我爆灯。

06

钟熠非不仅缺心眼，还缺情商。

那封情书有命递到他手中，却没命逃得过阅后即焚的下场。

事后我们俩不仅打了一架，他还威胁我不许把这件事告诉他妈妈。十几岁正是敏感的年纪，这种事被家长知道了少不了盘问，我也不傻，不会自找麻烦。

然而，我比他开窍早。

初三那年我喜欢上了学校高中部的一位学长。

学长是美术生，我第一次见他是在操场上，晚自习前的大课间，他把画板架在跑道边，画落日下四散的飞鸟。

他半蹲着，忽然朝一个发出声音的方向回过头，风把他的黑发吹乱，坐在看台上的我一下子站了起来。

站起来的那个瞬间，我感觉自己的心猛地从胸口坠落，落到了一个我从未见过的地方。

自那天起，我开始在每天傍晚去操场散步时，有意无意地寻找那个学长的身影。张望着人群，但凡瞥见身形相似的，目光便停留两秒。

一次放学后，我和他在教学楼的走廊里擦肩而过，钟熠非正在大门口等我。那时天都黑了，我做卷子做得头昏脑涨，还是在靠近的一瞬间认出了他，哪怕是当着钟熠非的面，也忍不住频频回头去看。

“看谁呢？”他循着我视线的方向，伸长脖子，毫无阻碍地从我头顶看过去，嘴里咕哝，“那个人？”

“哎呀，你别管了。”我心虚地推着他往前走。

他“啧”了一声：“谁想管你啊。”

过了一会儿他又好奇地问：“你喜欢他？”

“都让你别管了！”

“哦——”

他拖长声音，仿佛对真相尽在掌握，手中总算有了我的把柄，可以随时随地拿来要挟我了。

“看不出来啊，席咏。”他意味深长地笑，“你居然还会喜欢男生。”

我知道我在他眼里和那些满口粗话的臭小子没什么两样，可我没生气，冲他翻了个硕大的白眼：“对，喜欢男的，就是不喜欢你。”

他被我噎得够呛，但是顾及自己的大男子主义，做不出去打小报告这种不仗义的事。他在某些方面出奇的耿直，说不清是神经大条还是一根筋，时间久了我竟对他生出了一股子莫名的信任来。

“你看看人家，多斯文，书卷气，又绅士，我上次看到他帮一个学姐拿颜料。”我逮着机会就刺激他，“你就永远像个长不大的小屁孩。”

“你怎么知道他斯文绅士书卷气，你知道人家叫什么吗？”他不服气，反过来讥讽我："做你的玛丽苏白日梦吧。"

是啊，我还不知道他叫什么。

"这算什么。"我说，"我自己去问呗。"

07

暗暗观望了学长半年，在离中考还有一个月的时候，我决定去告白。

我知道这肤浅的情感或许谈不上喜欢，只是憧憬、向往和青春期无处安放的精神寄托。

但我一定要说出来。

一个周五的下午，我在他背着画板独自穿过操场的时候小心翼翼地拦住了他。

"学长好。"我想尽量表现得有礼貌，"抱歉打扰你了。"

我和远处等我的钟熠非说好了，不管学长怎么回答，我说完就离开。

这是半年来他第一次正眼看我。我不好看，留长发也一样，笑起来也不甜，无论走到哪里都不会引人注意。

这些我都知道。

"哦。"

面前的学长轻飘飘地发出一个语气词，他明明是笑着看我的，眼里却是不可错认的嘲弄，好像我这样的人他已经见怪不怪了，没必要施舍好脸色。

——活像在看一个笑话。

"你谁啊？"

我一下子慌了。

"我，想请问你的名字……"

他用一种和我想象中的斯文、绅士、书卷气完全不同的冷漠声音说：

"这跟你有关系吗？"

"我……"

脑子里一团乱麻，我根本不知道还有什么可说的，只顾低着头撕扯衣角，身后响起了一串急促的脚步声。

“喂！”

我没再看清学长的脸，钟熠非已经冲过来一拳揍了上去。

08

钟熠非说他十年来第一次见我哭得像个娘们。

我说：“你给我滚。你不懂。我难过的不是我被人瞧不起，这算什么？我不奢望他能喜欢我。我难过的是我偷偷摸摸喜欢的人、只存在于我幻想里的人，他其实一点儿都不好，跟我想的完全不一样，他不温柔、没礼貌、离近了看还丑。”

“那你值得哭成这样吗？吵死了，不想听了。”

“你就是个没心没肺的混账玩意。”

“我安慰你，你还骂我席咏？！”

“闭上你的狗嘴吧，你这叫安慰？”

……

忘了说，以上这些话都是钟熠非抱着我说的。

他把高中部的人给打了，有可能遭报复不说，被老师知道了还会背处分，说时迟那时快，我急中生智，在学长抬头去看他、记住他的长相之前拉起他撒腿就跑，什么都不管了，一直跑出学校大门拐进旁边的小巷才停下。

我喘着气瞪他，一摸脸颊，是湿的。

他怔了怔。

我站在原地止不住抽噎，眼泪大颗大颗地往下掉，他嫌我哭得难看，走上前用自己的肩膀遮住我的脸，顺便把手搭在我头顶，我额头抵住他的胸口，两个人彼此依靠着，恶狠狠地对骂。

那天他揍人的动作有点帅，衬衣袖口依然洁白，让我觉得没那么遗憾。

09

初中毕业，我和钟熠非考到了同一所高中，还是没能如愿地甩掉对方。

高一那年暑假，我爸妈和钟熠非的爸妈商量着结伴出去旅行几天，就他们四个大人，潇洒而无情地把我们两个小孩留在了家里。

白天我拿着书本去他家写作业，他一般上午学习、下午玩游戏。屋外蓝天烈日，两个人呆在舒服的空调房里，不斗嘴的话也算相安无事。

我们都长大了，他出落得更加高挑修长，而我越发像个姑娘，有了种矜持的自觉。两人打架的次数日渐稀少，毕竟男女有别，肢体冲突产生了诸多不便，因此多数时候是和睦的。

我们在他床前的地毯上摆一张方桌，我坐一头，他坐另一头，两个人的作业本中间搁了个托盘，上面是玻璃瓶装的冰镇汽水。

有时我背书走神，会无意识地盯着他的脸。他皮肤白，衬托得瞳孔颜色清澈，像两块茶色的琥珀；五官有棱有角的，表情总是很不忿，在家时穿背心短裤，露出手臂上浅浅的肌肉轮廓。

他见我发愣，伸手到我脸前打了个响指："嘿。"

我迅速恢复冷漠："干什么。"

"没什么。"

他把写完的卷子翻了个面，握笔的那只手摸了摸鼻梁："席咏，凶。"

"……你皮痒了？"

我会做饭，于是大方地包揽了我们俩的晚餐，尽管都是些简单的菜色，他倒也没怨言，吃完还主动提出去刷碗。

我越想越不对劲。

"老子闷得慌。"他在厨房里遥遥地喊我，"待会儿出去遛弯儿吧。"

我脑袋充血，一拳凿进他无辜的枕头。

——怎么搞得和两口子一样？

10

等我和钟熠非真的成了两口子，晚饭后一起遛弯儿，偶尔会重走从家属院通往母校的那条路。

那里的每一盏路灯都照着我跟他的回忆。

他从烟盒里抽了支烟叼在嘴上，又在我重复这个动作的时候，把拨亮的打火机凑到我鼻子下面。

“你知道你第一次邀请我去遛弯儿的时候，我在想什么吗？”我问他。

“我哪知道。”他斜斜挑起一边的嘴角，吐了口烟，“‘走了六年还不嫌烦’？”

我笑了声，伸手勾住他插在裤子口袋里的手腕。

“怕是要走一辈子了。”我说。

11

我和钟熠非在一起的这些年，顽固性打架、间歇性和平、毁灭性温情、偶然性较真。

我记忆中他唯一一次跟我急眼，是看见了我打算填报的高考志愿。

我还没来得及把最终决定的三个学校和代码抄到纸上，他就不由分说地夺了我的笔。

我说：“你发什么疯！”

他说：“你为什么不跟我商量？”

我说：“这是我自己的事，你凭什么让我跟你商量，你哪位？”

他被我问住，一时间哑口无言，往后退了两步，把笔扔给我。

从没见过他这么颓丧的模样，我看着他蹲在地上，双手胡乱揉搓着头发。

“我不想和你分开。”他嗫嚅着说。

“我没法想象和你分开。”

我坐在书桌前有点回不过神，半晌才咽下一口气，轻声对他说 ：“真奇怪，你一说我就觉得害怕了。”

12

他：“我要和你去一个地方上大学。”

我：“行。”

他：“毕了业一块儿工作。”

我：“好。”

他：“将来娶你。”

我：“哈？”

13

是的，我和钟熠非在去民政局领证的时候打起来了。

非常凑巧，非常恰好，非常喜闻乐见。

起因是他出门只拿了车钥匙，以为我会带钱，所以他没带；而我出门只拿了家门钥匙，以为他会带钱，所以我也没带。

“王八蛋！你根本不想娶我！”

最后钟熠非觍着个脸去路边找了个报亭，用手机转账的方式跟老板换了点零钱。回来时我踹了他一脚，我那天穿的是裙子，结果没控制好幅度，人没踹到，还差点儿在民政局门口的台阶上摔了个劈叉。

幸好钟熠非眼疾手快地把我抱起来，挑衅地扬眉道：“我看是你不敢嫁。”

拍结婚证照之前，我皮笑肉不笑地替他整理衣领：“怕你啊？敢娶就敢嫁。”

他把我的头发挽到耳后：“敢嫁就敢娶。”

14

只有我受得了你的坏脾气。

只有你受得了我的坏脾气。

有句诗是怎么写的来着?

“我们彼此相爱，就是为民除害。”*

*出自冯唐《冯唐诗百首》

宠物博主与工科男

文 / 拂罗

写故事成瘾的学生党，
心里藏着另一个人间，落笔成剑，快意江湖。
微博 @说书客－拂罗。

01

我养的猫离家出走了。

肥猫叫苦苦，一只标准的纯白波斯猫，整天苦着个脸，好像别人欠它很多钱一样。苦苦还是微博上的网红猫，凭着一张丧气脸红遍表情包界——作为它的御用女奴才，我当然也成为了一位宠物博主，平时接接猫粮之类的广告挣外快。

都说动物与人之间是有缘分的，这句话我深信不疑。三年前我还上高三，有天路过宠物店看见苦苦，不知怎么就鬼使神差地牺牲了一个月午餐费，把它给抱了回来。

苦苦在我家整天吃喝玩乐，充分展现了什么是猫主子的威严。高三毕业那年暑假，我彻底变成了咸鱼，整天以撸猫为乐。有一天看着苦苦那张讨债似的丧脸，突发奇想给它拍了张照片，加了滤镜发在微博上。

命运的转折来了，苦苦竟然一夜之间凭着那张丧气脸红遍微博，被各路大V转发，还被做成了斗图的表情包，底下无数猫奴振臂高呼“天呐，好一股清流！”“哈哈哈哈那张丧脸真可爱”。

手机被这些消息震得嗡嗡响，我低头一看，吓得差点把手机丢出去。

苦苦火了！

我乐颠颠地抱着苦苦在床上滚来滚去：“苦苦，苦苦，你火了！”

苦苦觉得我神经病，它高傲地一爪推开我，跳上猫爬架睡觉去了。

苦苦当了三年的网红猫，在今天离家出走了。

我不确定它是顺着窗台出去探险，却没找到回家的路，还是受够了我整天对着它“咔嚓咔嚓”拍照片。总之第二天早晨我醒来，满屋子乱转着叫它，都没看见一只肥肥的白色波斯猫窜出来吃饭。

苦苦不见了。

我头没梳脸没洗地穿着睡衣“噌噌”跑到楼下，绕着小区狂喊苦苦的名字，引得楼上楼下的大妈大爷纷纷探头瞧，以为是哪家的姑娘疯了。喊了一天，苦苦也没在我的视线里出现，我在凌晨通红着眼睛回了房间，拿起手机打开微博。

@铲屎官李莘莘：苦苦不见了！怎么找也找不到，和我住在同市的朋友们，要是看见了苦苦，请跟我联络，我一定重谢，重谢！！！

手机顿时嗡嗡地响个不停，凌晨没睡的人还有很多。

@喵喵：天呐！苦苦一定要平安无事啊！可惜我不住那里……

@一只夜行猫：莘莘大大别着急，注意身体，苦苦会回来的！

@哈尔：明天快去印寻猫启事，我正好也住本市，天亮就帮你找找。

我在评论下对那个哈尔回复了“谢谢”，在床上折腾两小时也没睡着。眼看着天已经亮了，我洗了把脸就跑去复印社，印了两百张苦苦的寻猫启事，满小区地贴。

我边喊苦苦的名字，边贴寻猫启事，怀里那叠厚厚的启事贴完之后，居然已经是下午了。等到转了几圈再回来一看，我的鼻子差点气歪，物业大爷正一张一张地撕我辛辛苦苦贴上的启事!

“大爷，我家的猫丢了，不能通融一下吗！”我怒气之下忘了要尊老爱幼，伸出两根手指比划着，“就留两天，两天！”

“这小姑娘年龄不大，脾气挺爆。”物业大爷瞥了我一眼，“小区有规定，不得乱贴这东西。”

我拿过大爷撕下来的寻猫启事，鼻子酸酸的，当众和大爷你一言我一句地争了起来，想要争取两天的张贴时间，结果引来不少大爷大妈指指点点——我平时绝不会这样的，可这次是苦苦丢了啊，多贴一张单子，就多一个希望啊。

“行了，丫头，你别倔了，规定就是规定！”

大爷被我缠得不耐烦，转身就要回屋喝茶去，一个挺好听的男声忽然响起：“这里怎么了？”

我在众人的议论声里转过头去，看见一个高高瘦瘦的人影正走进小区门口，夕阳把他的影子拖得很长。他大概和我差不多大，二十岁上下，标准的东方脸型，却留着过耳的金色长发，发质好得像假的一样，欧式白衬衫加黑裤子，还披着长长的立领外衣，像是动漫里走出来的人物，总觉得似曾相识。

他也和我对视了一眼，蓝色的眼睛很清澈，大爷大妈的议论声不约而同地停了下来。

我用力地揉揉眼睛，怀疑自己悲伤过度，产生了幻觉，下一秒才猛地反应过来，眼前这男生可能是个 Coser，就是打扮成动漫里的人物去拍照或参加活动，最近很流行，我在微博里总能看到他们发精美的照片。

“哎呦，唐海你回来啦？你看看你看看，这姑娘在小区里到处贴这玩意，还不让撕。”大爷显然和他认识，指着我怀里抱着的寻猫启事，“你说这不是毁坏市容么，上面要罚款的。”

那个叫唐海的男生走过来，接过一张我手里的寻猫启事，他看着苦苦的大照片，抬起头对大爷笑：“大爷，你也通融通融呗，这年头宠物就像小孩，谁家孩子丢了都着急啊。”

“对啊对啊。”我在一旁眼巴巴地附和。

“我爸每个月都给我邮自家做的酱，反正我也不爱吃，都给大爷您，怎么样？”唐海又添了一句话。

“这……”毕竟和熟人唱白脸也不好看，大爷看着我们，有些无奈地一挥手，“算了算了，两天就两天，扣钱可找你们啊！”

“谢谢谢谢！”

我激动地原地鞠了个躬，抓着那几张启事就要去喊猫，被唐海拦住：“等一下，我也帮你找找吧，你把手机号给我，方便联系。”

“好好好！备注李莘莘，莘莘学子的莘莘！”

这个叫唐海的 Coser，是个天使啊！

02

第二天唐海给我打电话，他找到苦苦了。

我连忙把地址告诉他，他果然抱着一身灰的苦苦来敲门了。我扑过去把苦苦抱在怀里，哭得涕泪交加：“苦苦你去哪了，姐姐还以为你一去不返了……”

苦苦这个没良心的肥猫倒是没哭，它依然丧着一张脸，蹭了蹭我，把身上的灰全蹭在我身上，然后自己慢条斯理地喝水吃猫粮去了。我忽然意识到自己这形象好像不雅观，见不得人，连忙捂着脸招呼唐海进屋：“那个……你先在沙发上坐一会儿，等我洗把脸，我请你喝咖啡去。”

唐海无声地笑了笑，往里走了一步，等我飞奔进浴室洗漱了一通，他还站在门垫上，这次他没化 COS 用的妆，穿着普通的衬衣，一张脸清秀白净。

“怎么在这里站着？”我看着他腼腆的表情，有些惊讶。

“没事。”唐海摇摇头，“我的鞋刚踩过泥，苦苦没事？我先走了……”

在我的坚持下，唐海几乎是被我拽扯着来到了小区对街的咖啡店。

我豪气万分地点了这里最贵的咖啡和小蛋糕，又一脸期待地看着他：“你用什么法子找到苦苦的啊？我喊了两天，连个猫影都没找到。”

唐海在我的豪气之下显得受宠若惊：“我就是去买了一袋猫薄荷味的饼干，在苦苦可能出现的地方到处洒，误打误撞找到它的……”

我眼睛一亮：“苦苦最喜欢吃猫薄荷味的了，你怎么知道？”

“我关注了你的微博啊。”他回答。

我微微一愣，我在现实中还没和粉丝见面过，想不到今天真的见到活的粉丝了，一点心理准备也没有。我愣着没说话，唐海也没说话，只是有些腼腆地笑了笑，他的性格不像初遇时那么大方利落，不知是什么原因。

“你叫什么？我关注你。”我轻咳一声，拿起手机打开微博。

“哈尔。”

“你就是哈尔？”我心里又惊又喜，低头点进哈尔的个人页面关注了他。他的粉丝寥寥无几，新发的两条微博都是COS时拍的照片，画质不是很精美，一看就是自己用手机拍的，照片里他穿着昨天那身COS服，大大方方地对着镜头微笑。

我看看照片，又看看眼前的唐海。

唐海似乎看出我心里那个有点儿不礼貌的疑虑：“我在学校是COS社的，不知道为什么……一穿上COS服，就感觉内心被打开了一样，在别人眼里就像换了个人。”

这世上还有这么有趣的人？

我饶有兴致：“你请过专业的摄影师来拍一套正片吗？”

唐海摇头：“我就是个业余的，自己拍着玩，也没什么认识的摄影师，虽然加了COS社，但其实除了开会，都没见过几面。”

“嗯……”我打量着他的脸。

以我知名博主的毒辣眼光来看，唐海长得绝对不丑，要是能拍一套正规的照片，肯定能大大地涨粉。我此时的眼神可能像是上上下下打量美女的痴汉，唐海佯装喝咖啡，挪开了目光。

“作为报答，我给你拍，怎么样？”

我虽然不是正规的摄影师，但也好歹有三年拍猫片的经验，还特意买过一台单反，整天对着苦苦“咔嚓咔嚓”地拍照片，拍人……大概差不多吧，不至于糊的太离谱。

唐海再次受宠若惊，还有些不好意思接受我的谢礼，说他家乡的小城有家宠物店，独家定做的猫粮哪儿也买不到，猫都特别喜欢吃，非要放暑假回家的时候给我邮几大袋过来。

我们之间很有话题，咖啡都喝完了还能继续聊下去，他居然是和我一所大学，大二，计算机系，不过不是本市人，在小区里租房子住。最后唐海匆匆忙忙地起身，看一眼手表，有些歉意：“我下午的课快迟到了，先走了。”

我笑着目送他推门出去，玻璃门的风铃一声响，他在阳光下的背影高高瘦瘦，匆匆地往学校方向赶去，在树荫下很是好看。

03

我一回家就抱着苦苦开始刷微博。

@铲屎官莘莘：苦苦已经找到了！谢谢大家的关心，谢谢哈尔的帮忙！

@喵喵：找回来就好找回来就好！

@一只夜行猫：大大这次可得好好看着苦苦啊。

我失而复得虚惊一场，兴奋地抱着苦苦在床上滚来滚去，终于滚得它怒拍了我一爪子，扬长而去。我幸福地揉揉被苦苦拍过的左脸，点开哈尔的个人页面，看他发过的微博。

不知道别的女生是不是也有这样的习惯，认识一个人，就必须要把他的社交页面给看个遍，有的人现实中仪表堂堂，网络里却是个喷子，那样的人我坚决不联系第二遍。不过唐海根本不常更新微博，不一会儿就翻完了。

他几乎不参与什么网上热议的讨论，也不转发别人的微博，除了用手机拍的 COS 照片之外，其余的，只是默默地发一些自己的动态，比如“要考试了，加油”“今天喂了超市后面的流浪猫”等等。

我暗搓搓地翻到他三年前的微博，他那时似乎还是高中生，还是跟我当年的校服一样，居然也是同一所高中，难怪这么熟悉……我躺在床上细细一思索，高三那年的记忆重现在脑海，当年都是一星期一次小考，一个月一次大考，我这样普普通通的学生，名字当然埋没在大榜里。

而大榜前十名，从来都有一个名字，唐海，我不知道为什么唯独关注了这个名字，大概是觉得它很文艺。

学……学霸啊。

我猛地想起来，我们大学就是以计算机系闻名。

那天晚上，我还搜了“哈尔”这个名字，搜到了一部叫《哈尔的移动城堡》的动画，原来哈尔是宫崎骏动画片里的男主角。昨天唐海的打扮，和男主角哈尔一模一样。

这部动画美得像个童话，我把《哈尔的移动城堡》翻来覆去地看了三遍，一直看到自己不知不觉地睡着。

拍正片那天，我挑了个双方都没有课的日子，兴冲冲地捧着单反如约来到了公园，唐海也穿着哈尔的 COS 服如约而至。我在毒辣的太阳底下折腾了他整整三小时，按着拍猫片的技巧，指示着唐海做出动作，拍了几百张照片，折腾得两人都满头大汗。

不知怎么，我忽然觉得，唐海摆姿势时那种乖巧的感觉，像极了家里的苦苦，他不知道我在自己偷笑什么，还以为是自己的姿势滑稽，反而红透了脸：“很滑稽吗？”

我憋住笑：“没有没有，简直就是哈尔本尊。”

拍完了照片，唐海在贩卖机买了汽水给我，我们一起坐在公园的长椅上休息。

一罐冰汽水入腹，满身的热气顿时被驱散了不少，我惬意地靠在长椅上："哎，你当年好像是和我一个高中的，不过我怎么没见过你？"

"我是高二下学期才转学来这里的。"他替我把两罐汽水扔进垃圾桶，"我爸爸本来想调来这里工作，不过后来这事吹了，他还得回家乡上班去，但我当时已经在这里上高三了，那个节骨眼转学影响成绩，我就干脆留在这里租房子了。"

"这么说，你暑假还得坐火车回家？"

唐海点头："不远了，还有一个月，到时候我邮猫粮给你。"

他一定会说到做到，我想象着苦苦看见那么多猫粮时，兴奋得又蹦又跳的模样，不禁轻轻地笑出声来。

04

我和唐海顺理成章地成了朋友。

我们的关系，说是一见如故也不为过，唐海和我的爱好极为相似，他也喜欢猫，只不过平时上课没时间照顾猫，只好在微博上看我发的猫片，就当是云养猫了。

我安慰他，别着急，总有一天你会有猫的。

没课的时候他陪我去吃肯德基，我逗他说："要是我让你去点两个鸡翅，如果看见有卖菠萝汉堡的，就买一个，你会买什么回来？"

他不假思索："一个鸡翅。"

程序员的思维果然和网上的段子一样，我哈哈大笑，他这才发现不大对劲，无奈地也跟着笑。

才过了半个月时间，我认识唐海的事就被那几个八卦的朋友给发现了，这几个猥琐的女人都是我高中的同学，我们一直保持着联络，不知什么时候看见了我和唐海吃肯德基的那一幕，还把我们给照下来了。

照片里的我正拿着一只鸡翅，自以为矜持地对着唐海微笑，嘴唇上泛着油光，要多猥琐有多猥琐。

一世英名毁在照片上了，我差点被她们黑得抱头痛哭。

"没事，他连你最猥琐的模样都承受不住，还怎么当你男朋友！"

"他不是我男朋友！"

"怎么不是，吃了人家的肯德基还想赖账？啧啧。"

"我们是 AA 制！"

几个女人一脸八卦地围着我笑，一口咬定了唐海就是我的新男朋友，还特意翻了校园贴吧的帖子给我看，不知是哪位热心同学认出了本校的唐海，把他 COS 哈尔的照片给贴上了，明目张胆地求人肉学长的姓名、专业和年级。

我瞪大了眼睛看帖子，那些照片都是我呕心沥血给唐海拍的，他自己在微博默默发出之后，我又好心地转发了一下，唐海的主页里顿时就热闹了起来，没想到居然被本校的学生给发现了。其中一个女人得意洋洋地拿着手机对我笑："哎呦呦，吃醋了？不是你男朋友，你吃什么醋呀？"

我："……"

我承认，我此时的确有一种诡异的不平衡的心理，可自从一年前和苏黎分手之后，我对恋爱就有种莫名其妙的不信任感。苏黎是我大一时认识的男朋友，认识了三个月就迅速地和我表白，很用心地在宿舍楼下摆了心形的小蜡烛，当着许多人的面，让我做他的女朋友。

我当时不懂事，脑子一热就答应了。

这场恋爱来得快去得也快，相处了两个月之后，苏黎又看上本系的一个软妹校花，毅然地跟我分手追求软妹去了。我懒得挽留他，也不觉得这种人值得挽留，但在这之后，我对恋爱的态度就变得怪怪的，还特意搬出宿舍回家住，免得他们传闲话。

据说就在唐海的COS照片传遍贴吧之后，还真有不少女生打听他的消息，更有甚者还买了花送给他。唐海全当是笑料讲给我听，有时候觉得花漂亮，还特意带过来送给我，我看着代表女孩子们心意的花，又看看态度无知若愚木的唐海，觉得一阵无奈，推掉了。

暑假的前两个星期，唐海忽然问我："你没有男朋友吧？"

阳光很热，我的心忽然怦怦直跳，顺着额头往下流汗，拿着他送的草莓冰激凌说不出话来，几乎是窒息着摇摇头。

他温和地一笑，没再说话。

女性天生具有神奇的第六感，我总预感到他这问题不是白问的，有什么事情要发生了。我诧异地发现，自己居然是保持着隐隐期待的态度，唐海他要做什么呢？

他要有什么表态呢？

他是不是要和我说什么让人怦然心动的话了呢？

一整天都没课的时候，我就躺在床上给苦苦猫饼干吃，一边看着苦苦吃东西的模样，一边问它："你说，唐海这种类型的男生，他表白起来会是什么样子啊？"

苦苦不喜欢我整天对着它傻笑，它高傲地瞪了我一眼，舔舔爪子，翘着尾巴跳下了床。

@一只夜行猫：你们有没有发现，大大最近更新的东西都好甜啊。

05

考试周的前几天，COS社揽下了礼堂，要进行一次COS舞台剧，唐海在学校里红透半边天，据说社长钦定了他当主角。当天座无虚席，唐海穿着好看的服装，在舞台上将角色演得入木三分，惹得不少妹子举着手机录像，我因为内部关照，坐在了最靠近舞台的第一排，还是正中间，一抬头就能看见唐海的脸。

舞台上的唐海仿佛不再是唐海，而是那个奇幻世界里的男主角，我连舞台剧的情节都忘了细看，只顾盯着唐海的一举一动，他念台词的时候，眼里闪烁着五光十色的神采。

舞台剧仿佛一转眼就落了幕，我和观众一起拼命地鼓掌，看着主角们携手谢幕。之后灯光却忽然黯下，一片寂静，吓得正要离开的妹子连忙重新坐下，等了一会儿，灯光再次亮起一束，这一束光仅仅照亮了舞台上的唐海，他独自一人站在灯光下，温和地笑望着我。

“李莘莘，做我女朋友吧。”

他的声音通过话筒响彻礼堂，幕后似乎还有几个好哥们偷偷探出头来，为他打气，礼堂里的所有人愣了一下，忽然在我耳边炸开震天响的呼声，有人吹口哨，有人高喊起哄“嫁给他！嫁给他！”

我有点恍惚。

“嫁给他！嫁给他！”旁边的男男女女还在喊，每年都有当众表白的学生，也每年都有人这样起哄，或许他们根本不知道李莘莘这个人是谁，李莘莘又在哪儿，他们只是跟着兴奋地起哄。

我忽然想起去年的事，去年我大一，苏黎也精心弄了一出当众表白，我做梦也没想到同样的事会经历两次，同样相识的时间特别短，同样声势浩大的表白。

可苏黎他，最后是毅然地追软妹校花去了啊。

从此以后，我就异常厌恶这种当众表白的手段，固执地认为这是让女生没有台阶下，例如当初窘迫的我。我一直赞同网上曾经很火的一句话：表白应该是最终胜利时的号角，而不应该是发起进攻的冲锋号。

“嫁给他，嫁给他！”

一片恍惚声中，我不知道自己当时是怎么想的，脑子一热，然后跑了。

我当着所有人的面转身就跑出了礼堂，留下舞台上的唐海，我不敢看他当时是什么样的表情，只是很确定一件事，估计他以后再也不会联系我了。

我恍惚着一直跑出校门，拦了一辆出租车回家去，一头倒在床上，苦苦围着我"喵喵"地叫，我觉得它可能是在重复一句话。

"李莘莘你是傻子吗？"

06

那天唐海在舞台上当众表白的事，仿佛是一个大笑话，男主角深情款款地打通了一切关系，精心策划了这次表白，女主角却二话不说转身就跑了。

也让唐海沦为了笑话。

考试周转眼就来了，我这几天脑子一片混乱，连课都没敢去上，被扣了好几分，弱项英语更是一点儿也没看。考试那周我戴了个低低的鸭舌帽，穿得十分低调，灰溜溜像老鼠一般潜入了学校，没让唐海看见我。

考试成绩惨不忍睹，挂了，开学还得交钱重考。

这段时间我下楼买个东西都像是做贼，生怕碰见唐海，唐海也没再给我打过电话。暑假之后的第三天，我戴着鸭舌帽下楼买东西时，看见唐海一个人背着巨大的行李包，缓缓地往车站的方向走，他走得很慢，显得很孤单。

唐海坐火车回家了之后，我的心情还是一点也没轻松，连苦苦嗅见猫薄荷之后上蹿下跳的滑稽样子，我都没心思录下来发微博。

唐海喜欢我，我觉得他是真心的，只是很不幸运地选择了那种表白方法，撞到了我的枪口。

在家里宅着总是容易胡思乱想，下个学期还得上课呢，人只有忙碌时才想得开，我干脆趁着这段时间找了个驾校，天天往驾校跑。虽然我没有车，但我有一颗飙车的心，驾校教练没有传说中那么毒舌，没有被我气得跳脚，只是被我吓得频频想跳车。

暑假过去了一半，我忽然收到一大箱沉甸甸的东西，苦苦嗅见里面的味道，乐得上蹿下跳。我想起唐海无数次说过的话，打开一看，里面果然是满满的猫粮，纯鱼干搅拌的，别家买不到。

猫粮上面还放着一张字条：“那个鬼主意是我一个直男朋友出的，让你生气了，对不起，我没勇气当面跟你道歉。等我。”

唐海以为他惹我生气了。

我拿着字条，鼻子一酸，心里好像松了一块儿，在一大箱猫粮前面哭得稀里哗啦。苦苦歪着头看我，一脸鄙视，“喵喵”了两声，明摆着在说：“你至于那么感动吗？铲屎官。”

我立刻给唐海打电话，他却不接，微博上发的私信也不回。

我千辛万苦地打听到他一个同系朋友的号码，打电话过去一问，他朋友说他最近正琢磨研发一个 APP，忙得要命，整天修修改改地码程序。

我开始有点弄不懂唐海的意思了，那句“等我”是什么意思？等他出人头地靠着 APP 成为人生赢家，再开着劳斯莱斯来跟我表白？

我被自己夸张的想象逗笑了，旁边的苦苦立刻又是鄙夷地一翻白眼——又哭又笑，神经病。

我终于顺利拿到驾照，过了几天，也就彻底开学了。

开学前一天，我对着镜子足足照了两小时，悔得肠子都青了——镜子里的女生整整黑了一圈，好像从非洲大草原刚刚打猎回来，充满了狂放不羁，我去驾校时居然一直忘了涂防晒霜！忘得死死的！

李莘莘你是笨蛋吗！

是的，我是。

第二天开学，我紧急敷了三张面膜都无济于事，只能顶着一张黝黑的脸迈进校门口，好在我在学校存在感不强，没人注意。我像鸵鸟一样深深地低着头往前走，差点撞上一个男生，他的小女友在旁边夸张地叫了一声：“咦，这不是莘莘吗？”

我心里“咯噔”一声，缓缓地抬起头，果然是苏黎的那张脸，完了，偏偏这个节骨眼遇上前任了。

“莘莘，你怎么变得……这么黑？”苏黎问。

我在心里把自己变成一只鸵鸟的模样，恨不得就这么把头给埋在地里，你看不见我你看不见我……

“她黑，因为她不像你，是个肤浅的人。”挺好听的男声忽然响起。

我微微一愣，惊喜地抬起头，唐海已经坦然自若地牵着我往前走了，只留下气急败坏的苏黎，他的小女友连忙拦住他：“别打架别打架，别跟他一般见识……”

我很不道德地背对着他们笑出声来，唐海也轻轻一笑。

他忽然拿出手机，拨弄出一个二维码界面：“来，这是我们新研发的APP，你第一个试用。”

等等，原来他是来推销的？

我扫了一下，一个淡粉色图标的APP显示正在下载。

唐海笑了笑，走了。

07

刚开学的课很忙，又逃不了，我忙着和认识的朋友打招呼，东忙西忙，一直忙到了下午才抽空打开APP。

是游戏型？日记型？还是什么稀奇古怪的APP？

淡粉色的页面在屏幕弹出，精心地画着唐海的Q版猫耳小人，没想到他还有画画的才能，我不禁笑了笑，伸手戳戳小人，他动了动猫耳朵，冒出一个对话框：“欢迎使用‘喜欢你’APP！”

这是什么奇怪的名字？

“从前有一个女生，我喜欢她很久了，从高三那年就开始暗恋她，一直到现在……”

我的心怦怦直跳。

这个小人摆动着猫耳朵，对话框随着我的点击，不停地跳动着，小人说的话，也是唐海要说的话。原来在我不知道的情况下，他高三那年无意间看到我之后，就开始了漫长的暗恋，可他性格腼腆，不好意思当面对我说出口，就这么一直暗恋到高三毕业，还有大一，大二。

我想起高三那年埋头刷卷子的时光，那时我坐在窗边，会不会有一个穿着蓝校服的少年，在路过窗边时总是有意无意看我一眼呢？

我有意无意地注意到大榜上“唐海”这个名字，会不会是命里注定呢？

“我轻信了那个直男朋友的话，以为你会喜欢那样的表白，没有考虑到你的想法，对不起。”小人垂着猫耳朵，手里忽然多了一朵玫瑰，对着屏幕外的我单膝跪下。

手机里传出唐海温柔的询问声：“莘莘，你愿意做我的女朋友吗？这是一个工科男最认真的告白。”

“愿意！”我的脸发烫，忘了这是一个 APP，在自习室里说出声来，惹得不少人往这边转头。

手机里的对话框跳跃了一下，我这才发现还有两个“愿意”“不愿意”选项，连忙点了“愿意”。

“我在那家咖啡店等你。”

我收起手机，提起背包就往小区对街的咖啡店飞奔。

08

唐海静静地坐在咖啡店靠窗的位置。

这场以年为单位的暗恋终于要彻底结束了，他望向窗外，那个女孩子，那个他暗恋了很久的女孩子，看到他删删改改制作了一假期的 APP 之后，会不会点“愿意”的选项呢？

他还是有些不确定。

暑假过去之后，天气已经渐渐有些凉爽了，很适合告白的天气。唐海已经在这里等了很久，他静静地看着咖啡店外面的树发呆，回忆着第一次遇见李莘莘的那年。

咖啡店的风铃响了一声。

唐海转过头去，看见那个他暗恋的女孩子正匆匆地推开玻璃门。她的脸被夏日的太阳晒得有点黑，却依然很好看，风铃声流淌，午后的阳光从她的长发上滑过去，然后她呆呆地望过来，看着他对自己轻轻一笑。

正如他们高中时年少青涩的模样。

糖果与牙医

文 / 朱小蛮

脑洞大过天，泡在糖缸里的甜文小能手。
微博 @朱小蛮蛮蛮蛮蛮。

01

与W君重逢的时候，我又蛀牙了。

今天医院里的人不多，我刚坐下来，座位还没捂热呢，就被点名了。

我心里一颤，两腿不自觉地发抖，好不容易走到牙科门前。

门被人从里面打开，一位母亲牵着还不到我大腿高的小男孩从里面走出来。

母亲说："以后还敢天天吃糖吗？"

小男孩脸上的泪水还没干，头摇得像拨浪鼓一样："不敢了，我再也不敢了。"

我心中默默流泪，同他想法一样，可是，我控制不住我自己啊！

既生糖，何生我。

02

走进牙科，大夫戴着口罩叫着我的名字进行确认。

声音有点耳熟，因为口罩的缘故，声音仿佛套上一层隔离带，听得不太真切。

我点点头说："是我。"

不知是不是幻觉，口罩上方唯一露出的那双眼睛好像在笑，像只狡黠的狐狸。

医生边指着牙科椅让我坐下，边问："哪里不舒服？"

我躺下，指了指左边的牙："这里疼。"

医生说："张嘴。"

我赶紧听话地长大嘴巴，见医生拿着好些个看上去十分恐怖的工具过来，吓得立刻闭上嘴。

医生失笑地望着我："你这样，我怎么看？"

虽然隔着口罩，可我确信，这笑声特别耳熟，可一时之间怎么都想不起在哪里听过。

牙齿又开始阵痛，打断了我的思路。我只能像只待宰的小猪一样，去掉眼镜，放在肚子上，一动不动地躺着，任由医生"宰割"。

作为一个甜食爱好者，每年都要来牙科报到，但我还是怕得要死。

我张开嘴，两手紧紧地抓住衣角，眼睛紧紧地闭着，眉毛之间因用力过猛，甚至挤出了一个"川"字。

医生的笑声再次响起，我暗自吐槽：大哥，我很怕啊，你别总笑好不好！

结果，不止笑，他还开始说话了。

"这么怕，还天天吃糖？"

吃糖的时候哪想得到那么多。

俗话说得好，吃糖一时爽，看牙火葬场。

冰冷的工具伸进我嘴里，金属轻叩着我的牙齿，那是在确认哪一颗牙有问题。

这种状态下，我只能用鼻子发出的“哼哼”声来应答，真成了小猪。

很快，医生确诊，钻头的声音响起来，其实一点都感觉不到疼，但架不住心理上的害怕。我张着嘴哼哼唧唧，直到医生让我漱口，才敢睁开眼看一眼漱口水槽在哪里，漱完口接着躺回原处，继续闭上眼等待“上刑”。

不出意外的笑声又一次飘进我的耳朵里。

赶在医生让我张嘴前，我实在忍不住地说：“医生，您能别笑了吗？我害怕。”

“补牙又不疼。”

“可我害怕啊。”

医生说：“转移注意力就好了。”

我睁开眼，一脸不解地看着他：“怎么转移？”

没戴眼镜，眼前的人是模糊着的，拜高度近视所赐，我只能看到医生大概的五官轮廓，具体的却一点都看不清。

偏偏我又觉得他十分眼熟。简直奇了怪了，两个眼睛，半个鼻子，哪来的眼熟。

还没等我困惑完，医生已经掏出手机，摆在一旁的架子上。然后，我就听到了熟悉的美少女战士的音乐。

我：“……”

医生你对待每位病人都是这样的吗？

“专心听动画，张嘴。”医生像是钻进了我的脑袋里，偷听了我的脑内世界，“还有，只有小朋友才有这个待遇。”

我：“……”

刚才的小朋友也看美少女战士？拜托，他可是个男孩！

“刚才那个小朋友看的是熊大熊二，他妈妈说，他最爱看这个。”

医生你其实是心理医生吧！

医生："不是。"

我："？"

这种我什么都不说，却被对方一眼看穿的经历，让我想起一个人。

可那个人，此时不应该正在国外吗？

03

医生速度很快，片头曲唱完没一会儿，他就帮我把牙补好了。

医生说："使劲咬合，看有不舒服的地方吗？"

我熟门熟路地试了试："正好。"

我戴上眼镜，缓缓地睁开眼，医生就坐在我身边，这个角度，刚好可以看到他胸前的名牌。

W 君的名字毫无征兆地闯入我的眼帘："是你！"

即便是模糊的五官，耳熟的声音也深深地刻在我的脑海里，一别三年，我怎会忘记他。

W 君取下口罩，露出标准的笑容："甄蓁，你欢迎我回国的方式真特别。"

没了口罩的阻挡，玩味带笑的声音真真切切地传进耳朵里，我上去就是一拳："你早就认出我了。"

"甄蓁这个名字的重名率很低。"W 君一偏头，轻松地躲开我的攻击，"况且像我这么有良心的人，怎么会认不出来你？"

这话明摆着就是攻击我没在第一时间认出他。

我冷哼一声，跳下牙科椅，往外走。

04

世界上最恐怖的事情是什么？

对我而言，是看牙医。

有比牙医更恐怖的人吗？

有，W 君。

而现在，W 君成了牙医回国了，很好，双份的恐怖，我理应避之不及。

嗯，理应。

05

我与 W 君的孽缘要从小时候说起。

W 君是我的发小，也是父母口中别人家的孩子。

此人天赋异禀，我每天学习到半夜，他每天打球翘课。

我好不容易混到年级中上，W 君常年霸占年级前三。

他比我高三届，为什么我会那么清楚？

原因无他，从小学到中学，再到高中，我都与他念同一所学校，W 君的神话，哪怕他毕业了，也永久流传在校园里。学校一进门的优秀毕业生风采栏上，第一个总是他的照片。

我问 W 君：“为什么你学习这么好？”

W 君瞅着我嘴里含着的棒棒糖说：“因为我不爱吃糖。”

我一头雾水：“这有什么关联？”

“不爱吃糖就没有蛀牙，你这么笨，肯定是蛀牙蛀到脑子里了。”

“……”我气得差点喷火，作业本一阖，站起来，气势汹汹地说，“不做了，回家。”

“等下。”

我瞥他一眼，心说：干吗？知道错了，要跟我道歉了？

“要不要吃？”W 君不知从哪里变出一颗糖。

一颗糖就想收买我？

我十分有骨气地拒绝：“哼，不吃！”

“真的吗？蜜桃味的哦，我姑姑从国外带回来的，中国买不到。”

那一年还没有淘宝，海淘更是天方夜谭，作为一个甜食爱好者，我……向恶势力低头了。

我拆开糖果纸，W 君拿走我的作业本检查，少顷，点了几个地方："这些错了。"

"唔？哪里错了？"我含着糖，歪头听 W 君讲解。

W 君一边说，一边在草稿纸上写写画画。

一道题说完，他问："听懂了吗？"

我刚一点头，被糖果顶起的脸颊就被他戳了一下。

"喂！你干嘛！"

话音未落，另一边脸也难逃一劫，W 君恶趣味地捏着我没有含糖的脸颊大笑着说："身上看着没什么肉，脸倒挺好捏的嘛。"

我嗷嗷叫着，拍打着他的手："撒手，你给我撒手！"

"不要！"他笑容猖狂，"这是辅导费。"

"什么鬼，我要跟叔叔阿姨说。"

"好呀。"W 君又摸出几颗糖，包装上写满了外文字，"那这些糖，我就独享了。"

这哪行，不能被白捏！

我的算盘打得噼啪作响，顾不上半边脸还在 W 君手里，跳起来跟他抢。

只可惜，身高悬殊太大，我一米六出头，他身高一米八，我就像个小猴子，在他身上跳来跳去，要不是他重心不稳，摔倒在地，我根本够不着糖。

我骑在 W 君肚子上，夺走糖果，眉飞色舞地捏了捏他的脸。

唔……别说，捏脸的手感就是好！

我说："看，这就是欺负我的下场，下次还敢吗？"

W 君突然弹起上半身，我吓了一跳，惯性使然，让我向后仰倒。

预期中的后脑勺与地面的亲密接触没有来，后背被一只结实有力的胳膊兜住。

突如其来的变故让我的小心脏吓得砰砰乱跳。

可 W 君似乎觉得这种程度的惊吓还不足够，他慢慢地靠近我，均匀的呼吸拂过我的脸。我与他的距离越来越近，四目相视，呼吸声被无限放大，心脏跳动的节奏彻底乱了。

W 君的脸近在眼前，我不得不承认，他担得起校草的名头。

“蓁蓁。”

他叫着我的乳名，虽然大名和乳名的读音一样，但我确定，此刻，他叫的是乳名。

“嗯？”大脑彻底罢工，我呆呆地望着他的眼睛，深幽的眼瞳连同低哑的嗓音像是加特林一样向我轰来，我的脸不可抑制地染上一抹绯红。

而后……脸上一疼。

W 君力气惊人，这种情况下，还能空出一只手拧我的脸颊：“看到没，这就是欺负我的下场！啊哈哈哈哈！”

旖旎的气氛顿时烟消云散，W 君竟然用我的话来怼我！

我生气地推开他，胡乱地把自己的东西塞进书包里，气呼呼地跑走了。

直到很久之后，我才理清楚，当时自己那么生气，大概是因为我喜欢他，而他只喜欢逗我玩吧。

06

说起我与 W 君的相处模式，在别人眼中是欢喜冤家，我却觉得是相爱相杀，不，只有相杀，没有相爱。

我单方面抖 M 着，每次被 W 君气到暴走，过几天就被他一颗糖、一份甜点哄好，乖乖地抱着作业去他家，同他一起看电影，两家人一起旅游。

我仔细地想过，为什么我会这样呢？

大概是因为我与 W 君的初见吧。

小时候，爸妈对我吃糖管得很死，第一次去 W 君家做客，两家家长聊得热火朝天，我却兴致缺缺。

W 君是男孩子，家里的玩具除了手枪就是汽车，没有洋娃娃，不开心。

W 君围着我转了一会，趁家长不注意，悄悄塞给我一颗糖。

“蓁蓁。”彼时的 W 君说话还带着奶音，“吃不吃糖？”

我偷偷地瞄了一眼父母，小心翼翼地点头：“次。”

牙齿没有长全的我，说话漏风。

W 君嘿嘿笑起来：“叫哥哥，叫了，就给你吃。”

那时候的我也是呆，为了一颗糖，就屈服在他的“淫威”之下：“哥哥。”

“乖。”W 君小大人似的摸了摸我的头，看我吃下糖，流露出幸福的表情之后，又问，“还想不想吃？”

我点头如捣蒜。

“那你让我捏一下脸。”

“好。”

可见，W 君骨子里的孽根性是从小就有的，而我的抖 M 体质，大抵也是。

仿佛天大的事，只要他招招手塞给我一颗糖，我就会答应。

当然，也有我不答应的时候。

07

W 君大学学医，他大四的时候，我刚上大一。

我成绩不如他好，努力很久，考上了他附近的大学。

原以为两人的距离被我拉近，没想到 W 君要出国了，当交换生。

从父母口中听到的这个消息如同晴天霹雳。

当晚，W 君找我出去玩。

我全程心不在焉，不知道他打算什么时候告诉我出国的事。

我们两家的小区靠得很近，从电影院走回来，W 君说了很多话，始终没提出国的事情。

我想，大概于他而言，我并非像自己想的那么重要，所以即便是出国这种大事，也用不着跟我说。

他送我来到我家楼下。

心如死灰的我说：“再见。”

“等下！”W 君忽然叫住我。

我转身看他，目光平静，毫无波澜。

W 君说：“蓁蓁，我们交往吧。”

我依旧目光平静，拿出从未有过的果决：“不要。”

临走了还要逗我玩，太过分了！

我丢下两个字，快速离开。

W 君没有追上来，很好，追上来我肯定要揍他一顿的，不带这么欺负人的，他不能仗着我喜欢他，他就欺负我啊。

我一鼓作气地跑上楼，冲进卧室，钻进被子里，所有的坚强倒塌，铺天盖地的酸楚和委屈迎面扑来，我放声大哭，仿佛要把一辈子的眼泪都流干。

08

W 君走的时候我没去送他。

那件事之后，我俩的联系渐渐少了。

直到三年后，他回国，我才发现，他一直在我心里，根本忘不掉。

09

从医院回来，妈妈问我在医院碰到 W 君了没。

类似的剧情。我又是从别人的口中听到 W 君的消息。

我淡淡地“嗯”了一声。

妈妈说：“他今天第一天回来，据说刚下飞机就去医院报道了。”

我“哦”了一声，那又怎样？

妈妈继续说：“你杨阿姨约了我们家今晚吃饭，庆祝 W 君回国。”

杨阿姨是 W 君的妈妈。

我说：“我不去。”

“你这孩子！”妈妈不知道我突然抽了什么风，“你不是跟 W 君关系挺好的吗？”

我扯了扯嘴角：“那是以前。”

妈妈笑说：“怎么？现在还能有仇？”

我点点头。

妈妈问：“什么仇？”

我脱口而出：“看牙之仇。”

莫名其妙的理由，这下不止我妈，我都觉得我可能有病。

10

最终，我还是赴约了。

饭桌上一群人热火朝天地聊天，唯独我一个人蔫蔫的。

杨阿姨问我怎么了。

我还没开口，W 君替我解释起来：“下午刚看完虫牙，难受着呢。”

杨阿姨眉开眼笑地说：“蓁蓁还是那么爱吃糖呀？”

我有点害羞地点点头。

杨阿姨说：“以后不怕了，有我们家 W 在，你的牙就包在他身上了。”

“不用，太麻烦啦。”我嘴上这么说，心里想的却是：我可不敢，我与他有仇。

杨阿姨显然不知道我心里的想法，继续说：“这小子啊，大学选专业的时候，我跟他爸就不想他学医，他偏偏要学。你说，我们两口子都是医生，家里还缺医生吗？”

咦？

这话成功地吸引走我全部的注意力，我一直以为W君学医，是受他父母的影响。

“这小子平时笑眯眯、看上去很好说话的样子，其实有自己的心思呢。”杨阿姨又说，“学医吧，学什么不好，非要选牙科，我跟他爸都有点怵牙医，问他为什么坚持牙医，你们猜，他怎么说的？”

我好奇地望向W君，这是走进饭店，我看向他的第一眼。

W君迎着我的目光微微一笑，接过杨阿姨的话头说下去：“我说，蓁蓁那么爱吃糖，小时候我没少祸害她，长大以后，我当然得对她负责。”

明知道他说的是牙齿，我的心还是小鹿乱撞起来。

W君直勾勾地看着我，只要我抬眼，必定与他视线相撞。

这个话题很快跳过，W君的视线却始终不移，我像是被雄鹰盯上的猎物，如坐针毡。

我借故尿急，去厕所躲了一会儿。

在厕所里洗了一把脸，没成想，出来时被W君堵了个正着。

“你想躲到什么时候？”始终都是笑脸的W君难得严肃起来。

我不习惯地低下头，声音瓮瓮的：“我没躲。”

W君眉头微微一挑：“哦？那就是答应做我女朋友了？”

我猛地抬起头，根本无暇关心话题的跳跃，像是要把这些年的怨气一起撒出来似的：“我是人，不是阿猫阿狗，你想逗的时候就逗一下，不想逗的时候就丢在一旁。”

W君面露惊讶，随后眼中闪过一丝忧郁：“被丢在一旁的不是我吗？三年了，蓁蓁，我一直在等你。”

“鬼信你！”

“真的。”

“那你出国为什么不告诉我，还诓我跟你交往。”

W君一呆："我没诓你，我说的是真话。"

我说："那你为什么不告诉我出国的事？"

W君严肃地说："我没想到自己突然就成了交换生。知道这件事的时候，我很慌张。三年的未知数太多了，当时我只想跟你表白，把你变成我的。如果你喜欢我，我希望我们能一起克服三年的异国恋；如果你不喜欢我，我出国与否，对你而言都不重要。"

学霸W君，凡事胜券在握，在我面前，却像个不安的孩子，一如我当时。

我恍然大悟，原来，他也有害怕的时候。

忽然间，我觉得自己傻透了，平白无故地浪费了三年时光。然后，我像个傻子一样地笑了起来。

W君迷茫地望着我："你笑什么？"

我眉头一挑："给我带礼物了吗？"

学霸的思维转得就是快，W君说："半箱糖果，各种各样，应有尽有。"

我满意地点点头："很好，回头去你家验货。"

W君说："然后？"

"我满意的话，你就是我男朋友了。"

W君偏头一笑："不满意的话？"

我故作生气地绷着脸，奈何太开心了，根本绷不住，笑容从嘴角泄出来："不满意就是牙医！啊！你又捏我脸！"

W君龇着牙笑："那也是终身牙医。"

我一边对他出拳，一边默默地想：不论恋人还是牙医，他都是终身制。

最好的我们

文 / 凉子菇娘

简书签约作者，温暖的文字，是笔尖碰触的智慧。

01

现在能被大多数人吹捧的爱情故事，来源不是网络的段子，就是微博上被炒红的谁家男票。比如前段时间最火的左先生和右先生，一个男孩写给一个女孩的三行微情书，或者是某大学的寝室，男生集体给他们女票织毛衣的模样。

这爱情故事有感动的，有两个先生做对比的，总之，这些故事在微博和朋友圈火了。关于左先生和右先生衍生出的各种故事也席卷而来。

那段时间，我总会打趣地问达先生，你看你看人家的男票怎么怎么好了，达先生总会慢悠悠地点支烟，又慢悠悠地说："那你不是也有个达先生吗？"

我们总爱去羡慕别人的爱情，或者是网络上某个点爆出来的一段爱情，它们中的男主都用足够浪漫、足够体贴、足够温暖的举动来填满你对爱情最美好的憧憬。

那是我们渴望当初遇见爱情最美好的样子吧。

我和达先生，却没有太多的浪漫。

02

他搞装修，一上班就是一整天，中午回来吃个饭，晚上六点半下班。我们从认识到订婚一年多的时间，没有红过脸吵过架。很多人听了说，这可不行啊，刚认识不吵架不红脸，以后生活肯定是有问题的。

都说恋人最好的状态就是床头吵架床尾和，本来去市场买把刀砍人的，结果却在半路发现了女票爱吃的草莓蛋糕。听起来就是萌萌暖暖的爱情，可这些事情我和达先生都没有感受过。

交往半年多的时候，我禁不住爱闹脾气的性格，开始没理由地找茬。

嫌弃他拿的手机不好，摔坏了很多次也不知道买个新的，嫌弃他不关心我，不会说我爱听的。有一次就因为手机的事，我一气之下砸到墙上，然后没拿自己的手机出了门。女人就是爱闹，这话一点也不假。不仅爱闹，那不知道从哪蹦出的第六感和胡思乱想总会在情绪高昂的时候霸占你的整个头脑。

我什么也不管，满脑子都是达先生的不好和缺点，可是在脑中仔细排查的时候，却连一丝都想不出来。

第二天醒来，气也顺了，头脑也清醒了，去公司上班。想着下班的时候买点好吃的，去他那里赔个礼道个歉，再顺便拿回手机。

可我刚进公司门，同事就一股脑地全凑过来问我昨晚怎么了，我正纳闷，他们就叽叽喳喳地吵，哎哟，你都不知道你男票昨晚疯了一般地满公司找你，一进门就问你是不是来加班了，东找西找的，差点撞进会议室了。到底是咋了嘛？吵架啦？你们这模范夫妻也会吵架？

我听完就慌了，好不容易熬到下班，赶紧去了他那里。结果达先生心平气和地在做饭，弯着腰仔细地切着西红柿，看我进来，微微一笑，指指放在桌上的手机说，有未接，也有未读短信，你去看看吧。

我的鼻子一酸，瞬间就哭了。越哭越厉害，我知道这件事是我错了，他还是那个达先生，温柔地将我拉进怀里的达先生。我哭着问他，我闹脾气，你不骂我吗？他傻笑，傻瓜啊傻瓜，都说女人脾气大，你是我媳妇，可是我不会哄，所以你还是别哭了。

他又说，以后生气不管去哪儿，都得告诉我，别让我满世界地去找。

03

很多人都会怀疑地问我，你们真的不吵架？这太不正常了吧？

我以前也怀疑过，慢慢的在一起这一年，我很庆幸当初选择的结婚对象是对的。他不是没有缺点，也不是没有脾气。他的缺点很小，微不足道。他的脾气会对同事发，或者在装修的时候对着某个东西乱砸一气。和我在一起的时候，我从他眼里只看到温柔和宠溺。

达先生没有太多钱，也不富裕。他的资产是一张卡和一辆摩托车，从认识我以来，这辆摩托车的后座载过的女人，一个是我，一个是我妈。

我妈常说，他比你那个只知道满世界吹的弟弟强多了。

我暗自偷笑，看来达先生这一年的努力，总算是改变了我妈之前的想法。

我和达先生的事，我妈当初是很反对的。

第一个原因是达先生的老家离市里远，虽然他在市里买了房子，用我妈老一辈的思想来说，落叶归根，我终究是要回去的。

第二个原因是达先生没有妈妈。他的妈妈在五六年前发生过车祸，不幸离世。

这是他身上最大的伤疤，过去这么些年都无法愈合。

所以他比同龄人能吃苦、懂事。他会做很多饭和菜，能做很多事情，比如说修理家里的插线板、插座、各种形式的灯以及贴壁纸，简直可以叫达万能了。

有一次我陪他去参加一个聚会，他的朋友很多都是已经结婚的，聚在一起谈论的无非就是家庭琐事。

达先生喝多了，嘴里没有胡言乱语也没有大吼大叫，我坐在身旁望着这个男人，真想上去给他两脚，不能喝就别喝。这个话在脑中不知骂了多少遍时，收到他一条微信，我打开，屏幕上面有这样一句话：**媳妇，我想有个家**。我就“刷”一下哭了。

回来的时候他送我到楼下，不让我走，抱着我就说他妈妈。这是我们认识以来第一次听他提起他的妈妈。

他说，他妈妈做的炸油饼很香，以前最喜欢吃了。可是她现在埋进了土里，什么都没有了。市里的亲戚一直瞧不起他，都说他是山里来的，没妈的孩子。可这些年来他混得怎么了，买了房，攒了些钱，哪点比不起他们了。

可能是借着酒意，也可能是想和我说这些话了，他边说我边哭，一直强调他不低人一等，然后他也哭。他说想要个家，也想回家能吃口热饭，我说好。

我的脑海闪现的是他知道车祸消息时的痛苦，他的无能为力，他看着自己母亲离去的心酸。

他的朋友和我说过，这几年你的达先生还算是开朗了很多，事情发生的那两年里，他整个人都变了，不说话不交流，一直把自己拒在这个世界外面。

看着他的模样，想起这句话，怎能不让我泪流满面呢。

04

这是我最真实的爱情。

也是我正在经历的感情。我父母的反对曾给我很大压力，我妈还是喜欢在家庭健全下成长的孩子，她总会在我耳边嘀咕很多在这层关系下结婚的不幸例子。

这场婚姻说到底，最重要的决定人还是我。我妈的反对在我的一再坚持下也慢慢消失，最后她只能接受。后来她也没办法，叹息地说，反正日子要你一个人过，你觉得好就行。

她的叹息还是归于不甘心。想为我找个条件好点的、富裕的、不用吃太多苦能相扶终老的人。父母大概就是这样吧，在给女儿选女婿这件事上，多少都有些自私。

不过达先生没叫我失望，也没叫我父母失望。前段日子他上班离我家近，中午饭一般都是在我家吃的，他在饭桌上吃饭很有规矩，也不挑食，夹着什么就吃什么。收拾碗筷也很积极，吃完饭我都没来得及去收拾，他就会都弄到厨房。

我妈有时候放在门口的垃圾，他出门的时候总会顺手提着下楼扔掉。那段时间我妈单位加班下班晚，经常乘坐的那路公交车也在下班的点没有了。达先生总会在我妈下班的地方骑着他的摩托车等，然后载着我妈回来。

我看到我妈的脸，慢慢的由之前的阴晴不定到现在的满心欢喜。现在我们全家都接受了达先生，我们也在过年时订了婚，准备十月份就结婚。

现在我妈总爱在人前夸她的女婿，夸她的女儿眼光好，挑的人没错。

达先生知道后，就乐呵呵地傻笑，然后在我面前炫耀。

我喜欢写小说，他不爱看书。我不懂装修和设计，他不懂我写小说。我们没有共同的爱好，也没有共同喜欢干的事情，看的电视剧也基本不在一个频道，可我和达先生很安静。我们可以坐在沙发上，你看你的电视，我写我的小说，没事的时候打打闹闹，饿了就吃，渴了就喝水。

就是这么简单，也没有很多可以言说的浪漫。

没有共同话题，不会去炒一个出来。也没有尴尬，没有不理解，我在想，这是不是就是爱情最美好的样子呢？

05

达先生在市里买了九十多平的房子，面积不大，就是经济实用型的房子。

餐厅改成了一间小卧室，两室变成三室，达先生说，往后有两个孩子就能凑合着住了。他不止一次地问我会不会嫌弃房子太小，我总会挥一个拳头给他。

装修房子很累，尤其是我和达先生秉承的以省钱为主的装修。

除了大件物品在店里购买，基本上全部的灯、插座、开关，卫生间需要的一些东西以及厨房的一些东西，都是在网上淘的，经济实惠，比实体店便宜很多。

在这儿给准备装修新房的朋友提个醒，当然啦，这限于我们这些没钱想省钱的人，哈哈。其实很多东西完全可以在网上淘，尤其是灯，真的是经济实惠得不要不要的，我们那个隔开的小屋，买的灯才九十九元，样子好看，质量还好。

所以想省钱装修，就去放心大胆地淘吧。

我喜欢看他认真去做一件事情的样子，真的很好看。他认真地安装灯的样子，他认真贴壁纸的样子，遇到不懂的认真学的样子，真的很帅。

很多自己能做的事他都包揽下来，高的地方不要我去，触电的地方不要我动，他总是把我当做一个小孩，让我觉得自己像个被保护的幸福公主。

06

这是关于我的爱情，很平凡很普通。

没有大场面的告白和求婚，没有巨额馈赠，也没有山盟海誓，有的只是他下班后两人腻在一起，小打小闹的回忆。

我想用我的文字一直记录这个故事。

都说人和人的相遇是注定的，我想，我本不是一个很差的人，所以感谢上天的眷顾，我遇到的这个相伴一生的男人也不差。

这样不差配不差，刚刚好呢。

他不是左先生，也不是右先生，他是我的达先生，就这么简单吧。

后会无期

文 / 小野寺真澄

Stay foolish.

有句电影台词说："有机会，我把我的故事讲给你听，可惜没有这个机会了。"

不过，今天我看到一个被六年前暗恋自己的男孩表白的故事，突然很想讲讲自己的故事。

我对高中时代那个男孩子的暗恋，一直持续到大学三年级的寒假。算下来也有五年的光景。这之间所有对我有好感和我对之有好感的男孩子，都成为比较，一次次证明我真正走心喜欢过的人就只有他。但因为我大学在南方，他在东北，而且我对自己的体重有着深切的自卑，所以我也只有克制。因为我感觉，一个男生不找我，那就是不够喜欢我，或者早就不喜欢我。而我对他的爱慕，经不起飞蛾扑火式的悲壮。

直到今年春节，留学申请的 offer 拿到了。年三十上午，我在他的唱吧里听到他唱了邓紫棋的《后会无期》。

“你不知道，他们为何离去，那声再见竟是他最后一句。

“你不知道，你也不会知道，逝去的就已经失去。”

说实话他唱得挺难听的，可是我很清楚，所难弃者，一点痴念而已。在这个喜庆的日子里，就这样有仪式感地道别，然后后会无期吧。

算是了结一桩心愿。

所以在年三十的中午，虽然已经有一两年断了联系，但我仍在和家人聚餐前给他发了条微信：

XX，像我这样的性格，有些事到死也不会说，可是我要留学了，我们本来以后也很难见面了，这样和死掉也没有区别，要死的人也没什么不能讲了。我想告诉你，我喜欢过你很多年。我说这些不是为了要怎样，只是想告诉你，你真的是个很赞的少年。如果有一天你的生活遇到挫折，能想起来曾经有个女孩子喜欢过你很多年，或许对你也是一种鼓励。新年快乐！

再见呀，我最爱恋的人。让你知道你被认真地爱过，这是我为你所做的事中，唯一一件被你知晓的。

那年你打篮球流了鼻血，周围的人都没有带纸巾，我也没带。后来，如此粗心大意的我，天天在书包里装好纸巾，不过你后来再也没有流过鼻血；

高一分班前的最后一天，你给了我一个“再来一瓶”的瓶盖，后来我直到过期也没有去兑奖，而是把它缝在一个布偶里；

冬天买了新围巾，戴上它，站在食堂小卖部前看能不能遇到你；

知道你喜欢罗斯，买了一个罗斯人偶型U盘，不过还是没勇气送给你，等有勇气的时候，它的样子已经不太好看了；

在我还是条空间狗的时候，曾经有个爱好，就是收藏你来我空间访问记录的截图；

大一寒假偷偷去你的空间，看到留言板猜到你有了女朋友，自己在床上淌泪淌了一整夜，满脑子都是我们八十岁在养老院重逢的画面。

这些，你不知道，你也不会知道。

但当你认真地回了微信，写着“感情的事很难说，不管怎么样，谢谢你”的时候，我突然觉得一切欢喜都是值得的。毕竟这个世界上有不少人，把别人的喜欢当成是理所当然的。而你却选择很郑重地说声谢谢，于我足矣。

在无数未知的岁月，年轻的你或许会失恋失业，失望失落。

即便再一帆风顺的人生，也终将送走双亲，直面渐渐衰老的人生。

有点难捱的日子里，你会不会想起那个有点胖有点长痘的我？

希望你忘记。你不用回忆我往日是微笑或沉默，你不用了解我往后去了哪过着怎样的生活。

你只需要知道，你曾经在一个女孩的心里，是全世界最洁白可爱的少年，而且因为以后都没有再见，这样的一幕永久地停留在了她的记忆里。

于你足矣。

LOVE YOU

摔倒了要亲亲才能站起来

初恋未满

文 /Ale 鎏白

年少早秃，心有蔷薇。
微博 @Ale 鎏白。

01

星座运势说这周我会受水逆的影响，在工作中遇见奇葩。

果不其然，我被黑心的老大流放到某郊区监工一支广告片的拍摄，等着我的是个除了颜好一无是处的小艺人。

夜已经很深了，我抱着衣服在酒店门口等顾淼，表情之狰狞让保安数次以为我是来捉奸的。

天上顷刻间下起了瓢泼大雨，雨幕里影影绰绰走出一条人影，从容地打着伞朝大堂走来。我愣了会儿神，那个身影让我熟悉得有些茫然。

那人收了伞，迈着长腿走进来，隔着数年光阴，他的脸与记忆里的慢慢重合。

“虞……”我找不到自己的声音。

这时，染着黄毛的顾淼非常不合时宜地冲了进来，拍了拍我的肩膀，问道："你来我房间，还是我去你房间？"

"……"

周遭一时死寂无声，我愣了半天才反应过来他说的是试装的事。

虞舟已经与我擦肩走了过去，他似乎没有认出我。

没有比这更狗血的重逢了，我十分期望他刚刚是真的没有看到我。

02

第二天一早起来我开始眼皮狂跳。

果然到了集合时间，顾淼脸色苍白地出现了。他的助理虚弱地表示，他们家艺人水土不服拉肚子呢。从这里去最近的药店至少要一个多小时车程，来回一耽误，今天早上就算白搭了。

"怎么这么远，问过前台了吗？"

助理表示前台不说普通话，他听不懂。

"……"

我崩溃地找到酒店前台，问他们有没有常备的止泻药。比划了半天我们都没能理解对方的意思，我忍不住提高了声音，声情并茂表演道："拉肚子！拉！肚！子！这样说能听明白吗？拉！哗啦哗啦……"

服务人员听没听懂我不知道，但不知道什么时候下楼的虞舟是听懂了。

上帝作证，此刻我是真诚地想跟顾淼同归于尽。

虞舟是我大学时喜欢的人。大一的时候，在他的美色诱惑下，我愣是努力了一年多，进了他所在的社团，混到部助的位置，只为能够多跟他生出一些交集。

"谢，谢谢……"我转身把药递给了在大堂沙发上躺尸的顾淼，虞舟打量我们一眼，刚要说什么，他的电话响了。看到他走出去，我松了一口气。

顾淼吃完药，还有力气八卦两句："刚刚那人是谁？"

我不知该怎么回答，现在想起来，我甚至找不到自己在他人生里的一个定位。

于是我说："送药的。"

顾淼侧头瞥了我一眼，笑得有些意味深长。

我背后一凉，顺着他的眼光回过头，看到虞舟定定地站在我身后。

虞舟平静地开口："不好意思，刚刚的药拿错了，其实是促进肠胃蠕动的。"

顾淼登时脸色变了，痛苦地捂住了自己的肚子。虞舟轻描淡写的目光从他身上挪开："开玩笑的。"

然后幽幽地看向我。

我在他的目光里笑了起来。

久违了，虞舟。

03

上午的拍摄虽然稍有延迟，进行得倒很顺利。午餐时，我收到虞舟的信息——晚上一起吃饭。

他好像从来都是这样，说一不二，让人没有拒绝的余地。

我不知道该怎么回，"好呀好呀"刚打出来，感觉自己太傻缺了，犹豫着没有发。

"送药的又要来？"顾淼挑了挑眉毛。

恼羞成怒的我拐了他一肘子，顾淼一时不察失去平衡，整个人摔了过来。

我也愣了，看到顾淼放大很多倍的俊脸，确实是很有冲击力，但我不想就这么被顾淼用体重压成饼……

“怎么不回信息？”

虞舟的声音适时从我身后响起，他一把拉起我，低声问道。

我……现在只想找个地洞钻进去……

04

拍摄结束得比预期晚很多，我原以为虞舟会先跟他的同事回去，没想到他自己开了车过来，在停车的地方，倚着车门抽烟。

我顿住脚步看了一会儿，夕阳都落山了，一轮还不够明亮的小月牙悬在他身后。虞舟轮廓分明的眉眼在昏黄的光线下变得极为温柔。

他抬头看到我，抖落了烟灰，忽而对我笑了笑：“饿不饿？跟同事说一声，坐我的车走吧？”

“嗯。”我答应得很快。

“嗯是什么意思？”虞舟问。

“……饿了。”我憋了半天才回答。

他低低笑了起来，声音很轻，但是我能感觉到，他很开心。

05

我们从前只在团建的时候一起吃过饭。

社团里人多，为了坐在他身边需要很花一些心思，我心机地站在他附近，等着入座的时候被安排在他旁边。喜悦持续了大概三十秒，接着，壮硕的副部搭上了虞舟的肩膀，一屁股落座在他身边。

虞舟和小龙虾都跟我变远了。

同行的姑娘看出我眼神不对，问：“你怎么了？”

我咬牙切齿：“够不到小龙虾了。”

顿时一阵尴尬。

虞舟第一个反应过来，含笑把盘子推向我，美其名曰照顾女生。我无语凝噎，只好隔着一个壮汉，含恨剥起小龙虾。

此刻我真的在他身边坐着，却又特别怂，甚至不敢抬头直视他的眼睛。

虞舟停下筷子，我紧张地看了他一眼，少年的眉眼深刻了很多，他笑了一笑："你是不是怕我？还是不高兴见到我？"

06

毕业那天，虞舟在朋友圈里说第二天拍毕业照，大家可以找他去拍合影。

虞舟确实是景点一般的存在，我认真考虑要不要买条新裙子跟他合照一张。

回宿舍看到自己因为熬夜生出的厚重黑眼圈和油光满面的脸，突然又怂了一下。

早上考完试，我连午饭都没吃，就冲去商场买了条裙子，然后我被通知，自己今天还有一门考试，时间临时调整，不知为何我才发现。

室友看出我犹豫，戳了戳我的脸："喂喂，开什么玩笑，这门课三个学分，补考通过率是最低的。你跑快一点，写完出来还来得及。"

于是我穿着高跟鞋跑去了考场，像一颗发光的圣诞树坐在教室中央开始答题。

回宿舍的路上，看到不少毕业生都穿回了自己的常服，找虞舟合影时间来不及了。那一刻我觉得特意穿上新裙子去考试的自己像个傻叉。

回宿舍楼的路上遇到了虞舟，他有些惊愕，眼睛睁得很大："你？"

面对虞舟诧异的眼神我觉得很丢人，抹了抹眼睛，不着四六道："刚跟男朋友分手，学长求不说出去。"

他递给我纸巾，歪头看了我半晌，轻声道："我会保密的，你也别让别人看出来。"

他的眼睛很温柔。

我那时候真年轻，只会倔强又狼狈地落荒而逃，如果是现在，大概能稍微大胆一点告诉他，我难过是因为错过了跟你的毕业合照。

少年温柔的眼睛和他现在的样子重叠。那个温柔又遗憾的下午，与现在的时刻错乱交叠。

我很想念他。

我从未停止想念他。

07

“你着急回去么？”

“不着急。”我脱口而出，对上他含笑的眼睛有些紧张，“晚上吃多了，我应该去消消食。”

虞舟没有戳穿我，先一步走了出去，我放轻了脚步跟上，感觉整个人雀跃得可以飘起来。

“你知道么？”他突然开口，“那天我是最后一个还掉学士服的人。”

“诶？”

我顿住脚步忘记了要往前走。虞舟停下来，转过身深深看我：“我以为你会来。”

“这里风真的很大。”我抹了一把自己的脸。

虞舟弯了弯嘴角，眼里满是温柔：“是，风真的很大。你告诉我风从哪边来的，我替你挡一挡。”

“好像，都有吧。”

于是虞舟抱住了我。

那是一个充满保护欲却很绅士的拥抱，仿佛真的只是为了给我挡住风。

我听见他轻笑的声音，忽而很有勇气，踮了踮脚，钩住他的脖子，结实地抱紧了他。

幸好上天赐我不到一米六的身高，拥抱的时候不用直视他的眼睛，只要埋头在他胸口就够了。

“那天……其实我准备去的。裙子也是……”我小声道。

“我知道，”他说，“还好我没错过。”

暗恋

文 / 喵大人

重度猫控，
喜欢尝试各种跨度很大的文风，励志成为 360° 无死角的写手。
微博 @是喵大人。

我第一次喜欢一个人，是在十四岁。

那一天初雪，公交车上人很少。因为每天早自习要默写文言文，我一坐到车上就开始拿书背。有人打断了我，用生硬的中文问我是不是掉了公交卡。

我先看到的是骨节分明的手，然后是轮廓分明的脸、琥珀色的眼。高鼻深目的异国少年穿着我们学校的校服站在我面前。

我看着他鸦黑的睫毛，一时恍神。

他以为我听不懂，耐心地用英文重复了一遍。我接过卡道谢，他用英文低低地说“不客气”，然后笑了一下。

他一笑起来，我就把之前背的古文全部忘了个遍，以至于默写的时候脑子里只有他的英文不停重播。

后来我知道他是意大利来的交换生，会三国语言。我每天上学坐公交车都会碰见他，他会点头和我打招呼，然后靠着玻璃睡觉。

于是早上的时间，我很难再背得进去古文了。如果那段时间有人注意我，一定会觉得奇怪，窗外什么都没有，为什么我一直盯着窗外看。其实我从来都不是看风景，而是借着玻璃的反光看他的侧脸。

有时候，他会简短地和我说几句话，他听别人说话时很专心，琥珀色的眼睛干净又无辜，让人想起某种温顺的草食动物，比如鹿。

那段时间，我喜欢在物理课上看小说，压在课本下的，是玛格丽特·杜拉斯的《情人》。法国的少女和中国男人相遇在越南。无疾而终的爱情，只能留到老年坐在轮椅上回忆。

提到异国，我就会想到他，其实任何不相干的事情在我脑子里绕几个弯，最终都会绕到他身上。在学校里我也常常能见到他，即使人再多，我都能很精准地感觉到他的位置。

有一次我们上化学实验课，到最老的实验楼上课。楼下有棵老树，开满了紫色的花。阳光透过层层叠叠的紫色漏下来，一地斑驳光影。他在上体育课，慢跑着经过。我隔着雕花的栏杆向下看，他抬头看到我笑了一下。他笑起来这样好看，让人惘然。因为我知道他这一生都不会知道，有个中国女孩子在十四岁的时候暗暗地喜欢他。

他要回国的时候，刚好是花期结束。学校举行了欢送会，很多同学送了他礼物赠别。我最后一次见到他也是在公交车上。我说我没有什么东西送给你，但是有句诗我想念给你听。他专心地看着我，一如往常。

“山有木兮木有枝，心悦君兮君不知。”

他好看的眼睛很困惑，随后笑了：“是什么意思呢？”

我想用意大利语翻译给他听，可是我没有这个勇气。我说：“没什么特别的意思，就是送别的诗，祝你一路顺风。”

他的睫毛微微一颤，用意大利语说了一句话。我想一定是我的错觉，我觉得他有些失落。

“是什么意思呢？”我勉强笑着问他。

他笑了笑：“意思是很高兴认识你。”

他从包里抽出一个纸袋递给我，是一本书。

“给你的。” 他到站了，用英语说了再会。

我看着他一路走过去，渐渐看不到了。他就这样在我的青春里下了车，消失不见。

我打开拆封，他会送我什么书呢?

阳光漫过窗台，洒上封皮。

是玛格丽特·杜拉斯的《情人》。

可是我是分子啊

文 /Elianna

诗酒趁年华，心安即归处。

高三时我和一个关系挺好而且长得小帅小帅的男生互相打闹。我在靠过道的座位坐着，他走过来路过我时揉了一下我的头发，然后我就伸出了我的大长腿把他绊了一下，眼看着他要转身过来了，我赶紧转身跑到了门口。

他追到门口，我靠着教室门说“不许动”，随后上课前的预备铃响了，他又揉了一把我的头发，转身准备回座位。

说时迟，那时快，我也不知道抽了啥疯就轻轻（好吧，蛮用力）地推了他一把，然后他撞到了前面一个女生身上……

我正打算看他窘迫的道歉再顺便笑一下他时，他突然转身，（当时我们都站在讲台附近）两只手抓住我的两只手腕，推着我就往后退。我倒着走根本控制不住步子，莫名其妙地就被推倒在讲桌上了。那个动作简直……我后背贴着讲桌几乎都要半下腰了，然后他捏着我的手腕压在桌子两侧，整个人一大半和我贴着。原本闹哄哄的班级一瞬间安静下来，几秒后直接炸裂沸腾。我羞到没办法，手又用不上力，只能让他赶紧放开我。然后……

然后……

然后。

他就当着全班同学的面俯下身，停在离我的脸还有一个巴掌距离的地方，看着我笑。我当时心里直接大鹿疯撞。关键是人长得还有那么点帅，完全控制不住心跳啊!

这个时候，上课铃响了。

辛亏那节课的老师是个爱迟到的主。

他边笑边说道："下次你再闹腾我保证比这次还惨哦！"

然后他便松开我的手腕站了起来。

我反应过来以后，一把推开他，赶紧灰溜溜地跑回座位。

他走过我时又揉了一把我的头发……

我沉寂多年的少女心啊，那一天都是炸裂的。好朋友兼同桌意味深长地看着我说："你真厉害啊，脸红成西红柿了还能撩到男神。"

Excuse me？明明是他在撩我好不好啊？！

因为我们是学校最好的班级，所以在高考前三天的时候，我们还进行了一次模拟考。我们班每一次的考试都是在学校的图书馆里考，方圆一米没有人的那种。每一次的座位安排都按上一次考试的排名来排序，最后一次模拟考那天我刚好和他排在了同一排。

因为是最后一次，所以班主任几乎没有监考，就在不停地给我们拍考试的照片留念。大家也很轻松，因为考场很大，所以说话也不会被听到，基本上都是一边聊天一边做试卷。那天考语文，快写作文时他突然喊我，我转头，就看见他笑得特别灿烂地看着我，然后说："你信不信老师对这次的作文肯定不会特别仔细地批改？"

我说："我不信。"

他说："那打个赌嘛。"

我就随口答应了："好啊。"

然后问他怎么赌。

他说，如果他把阅读理解抄在作文中做最长的一段不会被发现的话，那我就要请他吃火锅。

我答应了他。

他抿嘴笑了半天。

一天后试卷发下来，老师果然没有批改作文，只给每个人留了祝福语。他一副得意的样子拿着试卷到我面前来说："欠我一顿火锅喽。"我笑着回他说："高考完肯定请你啦。"

那天下午班级合照集体照，合照完以后大家都纷纷开始自行拍照。

我站在学校最大的银杏树下和同学合照，他走过来又揉了一把我的头发，说："我们俩拍一张吧。"我笑着说"好啊。"他就站在我旁边，示意对面他的好友帮他拍一张。我趁他不备比了个手枪的姿势对准他，正打算等拍完照就逃，结果他一把轻轻地把我揽近了一点，手顺势搭在了我的肩膀上，我蒙了。

我一米六八的个子。他大概有一米八五吧。超级害羞的一张照片，拿回家都不敢让妈妈看到。

后来就高考了，我们都发挥得不错。

但我们也没考到同一个大学，同一个城市。高考可能最残忍的就是这点，总有无奈的分别。不知道他当时会不会因为我而难过，反正我是真真切切地因为和他的分别难过了很久。

高考完以后我和家人出去旅游，旅游途中的某一天他突然在QQ上问我：

“欠我的火锅什么时候还？”我说：“等我回去就请你啦。”他说：“不可以，拖了这么久也要有点利息了。”于是我莫名其妙地欠了他两顿火锅。

Excuse me？我是不是太好被敲诈了？

回家后我找他出来吃火锅，结果好巧不巧地遇到高中同学。于是，两个人的火锅变成了一群人的火锅。也不知道是不是我太敏感，总感觉他全程黑脸。

那天，大家都很能闹腾，吃完饭就已经很晚了。走在回去的路上，他说：“你现在欠我三顿火锅了。”

Excuse me! 这简直是强盗啊！

他说：“这次算是同学聚餐，大家AA制，不作数的。那你又拖了这么久，利息还要再长点。”我心说这丫的是个放高利贷的啊。

高考完的那个假期说长很长，说短其实也很短。那天吃完饭又过了几天之后，他就去他爷爷奶奶家了，于是假期里我们再没碰过面。后来断断续续的一直也没断了联系，偶尔会聊一聊新的大学、新的环境，回忆一下高中的时光。我一直也没忘记欠他的三顿火锅……

我和他分别的日子就快满一年了，之前的寒假因为各种各样的事情我没能回老家和他见面，听说高中班聚也就我们两个没有参加。他为什么没去我没有打听，就当是因为我没去好了，至少这样我可以偷偷地乐一下。

前几天联系时，他让我这个暑假哪儿也不许跑，乖乖地把欠他的火锅还了。虽然是请别人吃饭，但我心里还是心花怒放。

以后的事情我不知道，我也说不准。也许我们有后来，也许没有。反正时间一直在走，我和他在时间里的故事也总会有一个结局。

七年

文 / 滴滴滴嗒

安静比躁动困难，多看书，多思考！

我们有着偶像剧里的桥段和情节，但是却没有偶像剧般圆满的结局。

以前觉得所谓的一见钟情只不过是因为外表，但是对他除了有对外表的欣赏，更多的是被他气质所吸引。

01

大二第一学期九月份，我参加了学校的导游风采大赛，有幸进入了决赛，老师让我们准备自己的才艺，我就想到了唱歌，唱歌算不是才艺的才艺。但是没办法，本人唱歌也就是不跑调而已。其实当时已经报了吉他班了，但是初学还达不到自弹自唱的水平，就会弹唱个《心愿》、《小草》等比较基础的歌曲，登不了台面。

在彩排的时候指导老师告诉我 ，可以找个伴奏或者乐队，能为才艺加分。于是，我就求助于我所在的琴行的吉他老师，老师根据我的嗓音特点，千挑万选之后帮我定了羽泉的《彩虹》，并且答应比赛当天给我伴奏。

结果，因为事先没有告知老师比赛是在周五下午，而不是在晚上（我们学校一般这种类型的比赛都习惯定在晚上），导致比赛前一周老师跟我说，时间跟自己的授课有冲突所以帮不了我了，也正是因为这样，才让我遇到了他——时至今日想到他还是会心动的男生。

老师告诉我："你们院系大四一个学生，也就是你的学长，是我教过的学生里边吉他弹得最好的，可以让他给你伴奏。"然后老师帮我联系了他，学长人很好，当即就答应了。

周一晚上七点，他推开琴房的门进来，一米八的身高，偏瘦但很帅气，眼神清冷又似带着故事。当时只是微微心动，也未曾想太多，其实那是第二次见面，第一次是在我参加复赛时的会场，他应该不记得了。他的确弹得很好，看到谱子，信手拈来，但还不到刚弹就达到伴奏的境界。晚上结束后加了 QQ，谢过他，然后各自离开。

他的手特别好看，那是我见过的最好看的一双手，白皙修长、骨节分明，见过他抽烟，会注意到他的手，看他弹吉他，注意力也几乎全在他的手。王凯的手、赵又廷的手在我眼里都不及他的。此后几天，每到下午我就逃课和他约到琴行，我唱他弹，练习默契，和调，对细节。

应该是周四下午，唱了一会儿，他说休息会儿，我出去抽根烟。站在玻璃门外的他，面朝琴房，阳光洒下，那是一位孤独且有故事的少年，看着烟圈，莫名有种距离感。可望而不可及。

一支烟抽完他回来了，我突然想到上周六晚上他好像参加了一个民谣比赛，就问他当时唱的哪首歌，他说赵雷的《少年锦时》。现在想来很后悔，如果我知道那场比赛有他的话，我一定会去看的。于是就让他给我弹唱一遍。

中间有一句是：

我忧郁的白衬衫

青春口袋里面的第一支香烟

情窦初开的我

安静且走心的旋律，在他的手指下活了。下午三四点的阳光透过玻璃门洒在他身上，我侧头望他，竟带着光芒。那一刻，心动了。压住内心的波澜，一曲完毕，等不及他开口，我就夸了他，他很不好意思地说有失误，但是我的确没听到失误。将近两年过去了，留在我心中的不仅仅是歌的旋律，更是那位午后的少年。

02

对比赛没有过高的期望值，本就是一个随性的人，能走到决赛只当是一种经历吧。比赛当天，先是自我介绍加景点讲解，然后第二轮是才艺展示，和他一同在音乐厅的舞台上表演，很开心也很安心。他说，你不要着急，感觉跟不上调的话，你就回头看我，我会小声唱的。他是一个从外表来看不会给人安全感的人，但是比赛有他在却莫名的心安。也许遇到他之后，我在意的也并不是比赛结果了。比赛结束，并没有拿到名次，好像是一个风采奖吧，但是心里想的却满满都是要请他吃饭，谢谢他这几天的陪伴和帮忙，当我在后台换好衣服出来，他已经走了。

以前也不是没有遇到过让我心动的人，但是一般坚持不了几天，也可能转身就忘了，对于他却不是。

发现他已经走了，我就独自到美食街吃饭，结果碰到同学，就一起到了经常去的饭馆，在等饭的过程中看到门外，他揽着一个女生的肩走过，那个女生我见过，也是参赛的一个学姐。认识他的时候他大四，我大二。当时我就想原来他们是一对啊，其实那个时候对他的心思没有那么重，但还是很失落。

两天后的一个晚上我找他聊天，说他跟那个学姐挺般配的，结果他告诉我，他并没有女朋友，当时我心里超激动，然后就告诉了他那天我见到的情景，他说当时是因为过了一辆车，差点撞到那个女生，他便一时揽了她的肩。听完之后就在心里就默默地想，那我是不是有机会啊！

对于他，我从来没有期望过太多，可能有些人在遇到自己喜欢的人的时候，搭讪一句，连孩子的名字都想好了，对于他，我从没有奢望过要走到底，只是感觉这样的人我曾经拥有过就够了。

大概过了一周吧，我发现自己还是喜欢他，而且那种感觉愈发强烈。我经常逃课，那天下午一个人在宿舍思想斗争了好久，给他发了 QQ 消息，问他在干吗，他说准备去洗澡，我就说，好，你忙。

然后，掐着时间，我编辑了好长的一段话，具体大意就是我如何喜欢他，只是想说出来，并没有其他的意思。编辑了大半天，我给删了，因为觉得这样表白显得不够重视，就拨通了他的电话。

电话拨通了，先报姓名，他说知道，然后……

我："我想跟你说一件事。"

他："你说，我听着。"

我："我喜欢你。"

他："……"

我："……"

他："嗯，谢谢！"

我："所以，我在告白，你来了一句谢谢？"

他："嗯……那个该期末考试了，你应该好好备考啊，我现在有点事，我们晚上再说吧！"

我："刚洗完澡你现在能有什么事？"

他："哈哈，不是，我真有事，晚上给你答复。"

反正差不多就挂了电话。

03

在下午五点到晚上十点，仅仅只有五个小时，但却感觉漫长得像一个世纪，心里其实大概知道结果，但还是有所期待，等待着来自第一次爱情的宣判。

在这五个小时之内，我约了朋友到操场散步，把这件事情告诉了她，也说了觉得他应该不会接受，好友跟我说，人生有好多事情，不留遗憾就行。

其实在告白前，有一次辅导员给我们开会，提到了大学谈恋爱的事情。说大学里边的恋爱，不要顾忌年纪，不要顾忌家庭，恋爱是两个人的事情，你们在一起得志同道合，互相扶持，不要考虑结果如何。那次听完辅导员的讲话，也坚定了我要告白的决心！

晚上九点，他在线，我不敢去问他，就一直看着手机，一直等，那种心情，明明安慰着自己不要紧张，无所谓，自己其实也没有什么好期待的。但是不行，紧张到心口喘不过气，现在回想起来，那是真的真的喜欢啊，恍如昨日。十点了，特别关心的声音响起，看了一眼屏幕，有一句话：不早了，赶紧睡吧！

故作轻松地回了一句：是不是觉得很突然啊，其实我觉得我说出来就好了。

他说的确很突然，因为想不到你会这样。

其实我觉得我是懂他的，他喜欢跳舞，喜欢弹吉他唱歌，喜欢想一些平常人想不到的问题，比如星空中的一些问题，人性方面的问题，有时也很逗，会撩我。他不学习，其实他内心里有一个自卑的小恶魔在，我都知道，我觉得我是最懂他的人，但并不确定我是不是最适合他的人。

我告诉他，其实第一次跟人表白，迈出这一步就足够了，对于喜欢你，可能更大一部分是崇拜吧，喜欢你的才华和气质。

总而言之，言而总之，那天晚上我们以告白与被告白者的谈话开始，以朋友的聊天方式结束。此后一星期，几乎每天都聊天，我希望从聊天中能了解他更多一些，也可能心里仍在期待些什么吧！

04

故事有转折了，是临近平安夜的周日晚上。他突然主动找我聊天，说要问我一件事，特别神秘的样子。对，他当时发的是语音，还说不要开外放。嗯，这严重勾起了我的好奇心，你们猜他说了什么？

“如果我说我们一起睡觉，就是你懂的那个意思，你会同意吗？”

没错，就是这句话，如果当时真要被其他人听到从我的手机里出来这么一句话，估计无耻、下流这些字眼就从心里出来了。然而我很淡定。我是这样回答他的：

“不会。我是喜欢你，但是我的喜欢并不盲目，有些事情我可以做，比如我对你可以付出精力和情感，但是有些事情我知道自己是不会做的。不管对象是谁，这是一个原则问题。”

等了一会儿，他又问我，现在是否还喜欢他。

我到了宿舍外边，发语音告诉他，我喜欢他，一直都喜欢。

然后，他说我们来一个约定吧，一周恋人，如果一周后你还喜欢我，而我对你的感觉也可以的话，我们就继续。

他看我没回，又说了一句，我觉得一周恋人，对你对我好像都没有什么损失，你应该会答应吧。

没错，我答应。

睡觉前他说，虽然只有一周，我们每天送对方一样东西吧，就一起想，想啊想，我现在也忘了是谁提出的，应该是他吧，说好每天送对方一句话，不管是小诗还是普通的句子。嗯，然后就这样定了。

随即，我就发给了他一句话：**我从来不相信一见钟情，但那是在遇到你之前。**

他夸了我，又觉得不可思议，我怎么会对他一见钟情呢！其实仔细想来，第一次见他，我便把他放在了心上。

聊了很久，他说要送我的话第二天告诉我。晚上睡觉我都怕自己会笑醒！

05

在一起之后，我总是忍不住找他聊天，动不动就说，叔叔我们约吧！因为没有太纠结年龄，他应该比我大最少三岁。

然后他就回我：："女孩子家动不动就约，你能不能矜持点？"

那我当然不能矜持咯，跟自己喜欢的人在一起，哪儿还顾得上矜持。

第二天他送我的句子是：一首歌，一根烟，一场经历，流水走过旋涡。

日后的每一句，我都记到本子上了，现在本子还在，我却再也没有打开过。

讲一个甜的事情吧！

平安夜我们定了电影票，因为我觉得一星期的时间必须要看一场电影，就定了《恶棍天使》，到了万达，人比较多，他就让我挽着他的胳膊，超级害羞也超级兴奋。开场前买了可乐和爆米花，《恶棍天使》很有趣，笑点不少，总之，很开心。结束后没有打的，因为离宿舍关门时间还早，于是我们俩不约而同地想到步行回去。

一路上我们聊了好多东西，从电影聊到家庭，从高中聊到大学，我觉得无所谓聊什么，关键是聊天对象是谁，行程至一半，他说要背我，想试试我有多重。哈哈哈哈，心里超级开心，嘴上说着我很重的，因为总觉得他比较瘦嘛，怕把他压坏了。反正嘴上说着不要，身体却很诚实地趴到了他的背上，他真的很瘦，感觉骨头都硌到我了，莫名的心疼。走了一段，他说好重啊，那我当然不开心了，即便知道他看不到我的表情，我还是故作不开心地皱了眉头，然后他又接着说了一句，背上背着全世界，当然很重了。他真的很能撩人，当然那个时候还不流行"撩"这个字，在言情小说和偶像电视剧里出现的桥段和情节，让我在现实中经历了，简直开心到要飞上天。

又走了一会儿，我怕累着他，就下来了，然后他说你蹲下，嗯？然后看他也蹲了下来，我们面对面，他说：“你看着我，还喜欢我吗？”

我说：“当然喜欢啊，从来没有变过，现在更喜欢了。”

这也是我为什么知道他的心里住着自卑的小恶魔，他不止一次跟我确定过我是否还喜欢他，他是一个缺乏安全感的人，从他的身上我从未感受到安全感，距离忽近忽远的，可能是因为他不够喜欢我吧。

确定好我喜欢他之后，他告诉我他喜欢我目前只有百分之六七十，当然也有可能会在接下来几天相处的时间内，慢慢增加。

说来也奇怪，好像自始至终我都没有认为过我们会有未来，我想了想并不是我不够喜欢他，只是觉得曾经拥有过，就够了。

06

一周恋人，我们大概约会了五次，最后一次是在周末，他提出的，今天是最后一天啊，我们是不是该做点什么？当时我特别紧张，就是那种感觉，本来没有希望，没有期待，他却给了我亮光，慢慢地开始依赖这束光，害怕失去。当天约好到公园玩，几经周折到了离学校最远的公园，我们散步，一起坐在草地上听歌，但是天公不作美，刮起了风，貌似要变天，我们便回程了。

一路无言，他比我要提前一站下车，不知道为何，有一种不好的预感，便跟着他下了车，他说你不是还没到吗？我说我就是想走走，想吹吹风。其实下车后我便迫不及待地问他要答案，我们是不是可以继续？他说还没到晚上不是嘛！其实从他的表情中，我已经猜到了八分，什么也没说，便离开了。

现在想想还真是可笑，陷入爱情里的人真的是没有智商啊，好像着了魔，找不到救赎，在漫无边际的黑暗中摸索，寻找亮光，更可怕的是你也许看到的亮光并不是自己的救赎。

又是一次等待，比第一次难熬多了，心情也更沉重。

突然又想落泪，明明是我期待的美好的爱情，或者是生命中的一位良人，哪怕不能走到最后，却也想像他曾经告诉我的那样“愿总有阳光照进回忆里”，但是却非要三番四次地来消磨我对他的感情。今天去了琴行，听见老师说你那个学长在里边，我竟然不想进去了，以前能见到他我会开心好久好久啊，现在我竟然连看他一眼的勇气都没有，可能是我还没有释怀吧！

到了晚上，大概九点左右，我们开始聊天，我就问他结果是怎样，其实当时心里很难受，我能猜到结局，但是更想听他宣布死刑。但当他真的说不能继续的时候，心里特别慌，有种不想见到明天的太阳了的心情，浑身无力，室友们在自己做自己的事情，我一个人坐在床上蒙着被子，跟他聊天，我想问原因，但是却不知从何问起。

我也是有追求者的人啊，自己明明就没有很差劲，为什么到他这里就不行了呢，遇到他之后，我一次次地否定自己，从发型到穿衣风格，想要为他改变。到后来的后来，我看到了一句话：——卑微祈求爱情的女生，真的很丑。没错，在他面前，我没有了自己的骄傲，那天晚上，哭着跟他聊天，求他继续跟我在一起，哪怕他不喜欢我，哪怕他遇到自己喜欢的人立马跟我分手都可以。他骂我傻子，真的是带着脏话骂我的那种，对啊，我就是傻，爱上了一个不爱我却又不断给我机会的人。没错，我第一次用到了爱这个字眼，那个时候才真正体会到爱而不得的辛苦与无助，想放声大哭，同时也知道，哭也没有用，哭到天荒地老他也不会喜欢我。如果你被你喜欢的人分手但是你没有这种感觉的话，嗯，你可以放手了，因为他并不是你的真爱。

07

在经过了将近两个小时的卑微到泥土里的祈求之后，他答应了会继续跟我在一起，并且告诉我，其实白天的时候，我表现得好像不开心，我们坐在草地上听歌的时候，他把肩膀都送了过来，然而我却没有靠过去，他以为我好像并没有那么喜欢他。

其实不是的啊，第一次正儿八经地跟自己喜欢的人谈恋爱，我是小白啊，作为女生不敢太主动，会不好意思，所以并没有正确接收他发来的信号，但是当我听到他这样说的时候，肠子都悔青了，还特别傻地问他，那要不我们明天再去一次？

后来，当然没有去，一次都没有。再后来，我们像见不得光的地下情人，约会只选择在晚上，他可能怕碰到熟人，但是我依然傻呵呵地跟他逛校园，一块吃饭，一起上楼顶吹风看夜景，东扯西聊。那个时候他最撩我的一次应该是那个晚上了。我们坐在学校花园的长椅上，他说我给你讲个故事吧，我当然很乐意咯！

从前呢有一个小孩，想学钓鱼，第一天呢他钓到了这样大的一条鱼（双手比心那样大吧），第二天呢，他钓到了这样大一条鱼（两只手距离有十五厘米吧），然后问我你猜他第三天钓了多大的鱼呢？我想了想也用手比了一下，（两只手距离有二十厘米吧）然后好奇地看向他，他说是这样大的一条鱼，边说边伸胳膊把我揽在了他的怀里，还把我的头按在了他的肩上。当时真的是开心到爆炸。这个段子真的能让我记一辈子，而且每每想起来都超级开心。

那段时光，我们会互听心跳，他会公主抱把我抱起，坐在长椅上把我揽在怀里，会给我唱歌，会突然给我发他弹吉他的语音消息。

再后来，我察觉出来，他会烦我对他的关心，烦我找他聊天过于频繁，为了安慰自己，我就弹吉他，别人都去上课，我就在宿舍弹吉他，期末别人在备考，我依然在弹吉他，弹他唱给我的歌，以前吃过饭就追剧就睡觉，但那个时候就是弹吉他，一天能弹三个小时以上，手指头磨得都是茧子，但是不觉得疼，不觉得胳膊酸，好像那是我唯一能跟他隔空交流的方式。

当然也是在那个时候吉他水平有了突破性的进步。

08

直到有一天下午，天气比较冷，他是南方人，出门不习惯穿太厚，晚上要去协会跳舞，就跟他说出门多穿点，他回的什么我不太记得了，但是特别不耐烦的感觉让我特别难受，当时自己好像感冒头痛，就一个人躺到床上回想跟他在一起的每个场景，他跟我说过的每一句话，最后送了他一段话，告诉他晚上想跟他聊聊。

那个时候我已经累了，不是不喜欢他了，而是坚持不住了，明知道他不喜欢我，却还是执着，真的是特别没有意义，但是他对我来说，真的像罂粟一样，一旦触碰就难以脱身，真的连分手我都不舍得说，是在那天晚上暗示了他，让他说的。觉得自己说不出分手，还怕被分手会伤了他的自尊心。至此，我们之间就告一段落了。

09

去年冬天，在学校遇见了（种种原因，他选择留在了安阳）。后来，他暗示过要重新在一起，但是好像真的像在一起的时候说过一样，一旦分手，再喜欢我也不会回头，只是想保留住最开始的那一份干净的不掺任何杂质的感情！也正是因为对他太过了解，知道他的冲动，他的感性，他会后悔……

前天晚上见到他了，在我前边走着，莫名地他回了头，我怔在了原地……

明明只认识了两年，但却觉得过了半生，此后经年，惟愿君安。

我也是第一次当女朋友

文 / 花田大叔

情感作家，编剧，用文字治愈每一个孤独患者。

01

第一次遇见你，是在一趟开往南方的火车上，我们刚好并肩而坐。我上车就开始睡觉，这是我的习惯。当我睡眼蒙眬地睁开眼睛，正好看见你俊逸中带点秀气的脸，不知道你在看什么，偶尔笑的时候，脸上还有两个很深很深的酒窝。不自觉地，我也跟着笑了。

美好少年，我想那就是你给我的第一印象。

我立马整理衣衫，正襟危坐，想要给你留一个美丽的印象，但其实你的眼睛根本没有离开过 Mp4。

为了和你说话，我谎称去洗手间，然后忽闪着眼睛说，你能帮我看一下行李吗？你微微一笑，爽朗地答应了。

我对着洗手间的镜子，赶紧往脸上涂粉、画眉毛、抹口红、整理头发，内心像一颗酸橘子，小涩小甜。

再次回到座位上，我一直盯着你的屏幕看，你转头说：“一块看吧。”没等我回答，你已经将耳机塞进我耳朵里了。我顿感脖子以上都火辣辣。

我记得看的是美剧《生活大爆炸》，我完全没看进去，但离你那么近，偶尔偷看你，也成了我美好的回忆。

那是第一次，我觉得火车开得是那么快，该死的火车，为什么让我那么快到家。想到下了火车，我们就不会再有交集，我心里很慌乱。但立马又化身福尔摩斯，我们在同一个地方上车，现在又正赶上学校放假，莫非你跟我是一个学校的？我该怎么和你保持联系呢？最后我找了一个借口说想看这个视频，让你加我 QQ，把这个视频发给我，你没有讶异，很自然地加了我。

02

回到学校，我已经知道我们俩是一个学校的，并且你的女朋友和我是一个系的。有失落，但是并不强烈。

在聊天中我发现，我们竟然有一个共同的好朋友，她是我的同班同学黄玲。

认识你以后，好像每天都能碰到你，那个时候，你和你女朋友手拉手，我和黄玲胳膊挽胳膊，我们以这种形式无数次在校园打过照面，微笑示好。

我的骄傲不允许我流露任何情绪，即便我心里像装了一个气球快要爆炸。

你很活络，时不时会在 QQ 给我推荐各种电影，我则礼貌地回复，谢谢。

大二下半学期，有一个社团举行骑行比赛，你、你女朋友、黄玲还有我，都参加了。比赛规定谁先骑到景区谁胜利，不知怎地，骑到一半，同行的很多人都被落下了，打头阵的就剩不到几个人，这其中就有你和我。

田野和树木在身边飞过，绵延的小路在阳光的照耀下金灿灿的，好像通往天堂的阶梯，我突然感觉有目光射过来，一回头竟是你。你说徐香香你可以啊，我说那是，我可是宇宙第一女汉子徐香香啊。说完我刮了一下鼻子猛蹬自行车向前，你边哼着歌边追赶上来。

率先到达景区，我发现山里面还是很冷的，正当我瑟瑟发抖时，你一把扯下另一个队员的外衣，轻描淡写地扔给我，在队员诧异的眼神中，我慌乱地说了声谢谢。

03

最终你没能逃脱校园恋情毕业就分手的魔咒。你跟黄玲说，你对爱情失望了。

大学里的最后一个暑假，我们都变得异常焦躁和忙碌，大家都在忙着实习、毕业论文、出国、考研。我们很久都没了联系。

只是那时候，我差不多隔两三天就能收到一张明信片，西安的、苏州的、西藏的、洛阳的、武汉的……每一张明信片的备注都是“上帝之眼”。

室友笑我终于要赶在大学的尾巴上脱单了，我则心里纳闷到底是谁寄给我的。后来我在贴吧里看到一个名为上帝之眼的人更新了一篇帖子，看到这个 ID，我眼睛都亮了，点开一看照片上竟然有你。

原来，你和室友来了一场毕业旅行。

毕业的前一个星期，你请我去看电影，你说是你室友买了不想看，怕浪费叫我一起，我说这么廉价啊，我才不去，你连忙说：“服了你了，我买的，我特意买的，走吧，徐小姐。”

我说：“想请我看电影的人，都从校门口排到寝室门口了，我是抽空才来的，我很忙的。”

你说：“嗯，我的荣幸。”

正看电影，我隐约感觉有人悄悄抓住了我的手，漆黑里，我下意识地叫了一声。只见你，用手嘘嘴。过不一会儿，一条短信过来：“做我女朋友吧。”我没有回答，用手靠近你时，被你反握。身体僵硬石化，嗯，大概就是那种感觉。

那天，我跟你说，我是第一次当人女朋友，不知道该做些什么不该做什么。后来，才知道，你听到这话很蒙，大概是没想到我是这样一个单刀直入的姑娘。

04

第一次跟你约会，我很拘谨，好像换了个身份，都不知道怎么做自己了。

豪放吧，不妥；淑女吧，又不知道咋淑女。吃饭的时候，我一直没怎么动筷子，你听到我肚子叫的响声，笑着拍我的头说：“吃吧，在我面前装啥装？”

我：“人家不都说得矜持点吗？”

你：“我早就知道你是个吃货。”

那一次，我吃了很多东西，你说知道我是吃货，但不知道原来我这么能吃。

你说，去逛街不能什么东西都不买，香水、衣服、零食，统统都可以买。

你说，遇到困难不能憋着不吭，不管是十二点还是两点都可以给你打电话。

你说，不要你说啥就是啥，我说啥才是啥，请大胆命令你，你随时听指挥。

你说，不要像个汉子一样生活，从此以后我有人保护了。

你说，不会化妆就别化了，每次都是熊猫眼。

你说，我怎么样你都喜欢。

我在心里感叹，原来做人女朋友有这么多特权呢，恋爱的人果然都很酷。

后来你打着趣问我，是不是第一次见你就中意你，一直在等你分手。我被你问住了，说你的颜值不值得有这么狗血浪漫的剧情。但也就在那一瞬间，我相信了一切过去的种种细碎，它的结局都在拉近我们。大概相爱的人都觉得，彼此的相遇不是偶然。

你总是说我是第一次谈恋爱，但是你不是，我很亏，但是我想如果把生命的交点往前挪一些，我们并不会看彼此顺眼。缘分是一件很奇妙的事情，早的话，我们太青涩，都认为后面还有更好的选择，晚的话，我们身边会有其他的人。也许，现在就是最好的时候。

听说你爸妈在二十岁不到的时候就通过相亲结婚，携手到现在；姐姐和姐夫也是从高中开始恋爱，如今十多年过去了，已经有一个可爱的女儿；哥哥呢，和女朋友从大学就开始在一起，也即将步入婚姻的殿堂。

但愿我们，也能传承你家的优良传统。

遇见你的时候有些晚，但愿余生都有你相伴。

你好，我叫徐香香，我第一次当人女朋友，请多指教！

真汉子不谈假恋爱

文 /Charlie

逗逼与高冷无缝切换的拖延症晚期患者。

某一天中午放学，坐在第一排的我，背上书包准备去吃饭。转了个身，我猛撞进一个人胸口。一抬头看到是他，我有点错愕，因为平时没什么交集，此刻有点尴尬。我说了声“不好意思”想擦肩而过，他却挡着我的路，说：“中午一起吃饭吧。”

我看他一脸严肃，“怎么啦？有什么事吗？”

“有啊。有点事情想问你。”（更加错愕）

“很严重吗？”

“不算严重，比较重要。”

“那现在在这里说吧。我晚点再吃饭也可以，反正现在人多。”

“还是吃饭的时候说好一点，这里不方便。”（异常坚定和严肃的眼神直勾勾地、目不转睛地看着我）

“好吧。那你等我一下。”然后我就去和我的长期饭友交代了一声，今天不能和她一起吃饭了。当时我是这样说的：“感觉是什么不得了的事情，不是很熟但是不知道为什么那个眼神看得我浑身不对劲。”

于是我们就肩并肩地一起去食堂了。那是第一次一起走甚至一起吃饭，讲真，以前话都没说过两句。因为他坐最后一排，我们实在没什么交集。到了饭堂，各自点了餐，找了个位置坐下来。不知道为什么我当时莫名娇羞啊。全程谁都没有讲话，我连看都不敢看他。可是他吃得很快，吃完就在我对面看着我吃，我不用抬头都知道又是那个眼神。吓得我拿勺子的手都僵硬了。

“咳……其实你想和我说什么……”

“没什么，就是有点问题想请教你而已。”

“就这样啊？（有点小失望的语气）你突然找我还这么严肃，就是想问问题？”

“不然你想呢？”（这个问题笑着问的，这混蛋，弄得我很窘迫。）

“哈？我没想啊！就是不知道才问的嘛。”我继续低头吃饭，没再说话。又觉得不自在了，因为他还在看着我。

“那个…… 你想请教我什么呀？生物？英语？还是语文？”（在我们理科班，他就是那种典型的偏科理科男，物理、化学、数学学得飞起，但是英语、语文这几门课惨不忍睹，然而这几门课刚好是我的强项。）

“确实有门功课想请教你。”（我抬头，莫名带着优越感地看着他。）

“说吧。”

“恋爱这门课，你强不强？”全程我就这个时候和他对视了，当时我应该呆住了吧？可能表情都僵住了。由于太突然、太错愕、太莫名其妙了，我婉转地拒绝了他。

事情当然没有就这样结束。后来由于某些原因，我被班主任丢到了最后一排。具体原因别问，问了想自杀。好死不死我坐到了他旁边，隔一条窄窄的过道那种。其实中间有一段时间的尴尬期，两个人遇见跟不认识对方一样。

后来觉得实在太奇怪了，我就说大家做朋友嘛，“我也知道你只是贪玩，大家没有交集怎么会有感情呢，对吧？”然后他也答应了。可是朋友做着做着就感觉不太对。他每天一没事就看着我，就用那个眼神。下课的时候他站在教室外面的走廊透过窗户看，上课时候转过身子看。

好歹也是一个身高一米八几又长得不赖的人，看得我头都不敢抬，装作不知道的样子，但是神情动作却不由自主地做作。真的想扇那时候的自己两巴掌。

我是广东的孩子，数学老师要求我们做强化练习，前面的选择题、填空题和前三道大题是基础题，老师说要多练习，一定要拿满分并且在半小时之内完成，达到快准狠的标准后面的大题才有时间攻克。

于是老师在连堂的时候就会抽出半小时给我们做练习，回去改完以后当天晚修发回给我们。有一天晚修又把练习卷发回来了。我只错了一道填空题，老师扣了五分然后给了个大大的“好”字。我数学是弱项，都是坐到最后一排以后慢慢被某人提高的。

我自己又算了几遍仍然算不出那道题的答案，然后我就拿了张便利贴，在上面标了题号打了个问号，再贴上试卷就往旁边递。他接过去以后我们都没说话，我继续做别的作业。只是余光看到他接过试卷以后便盯着试卷看，看了几分钟转过身，他一只手撑着大腿，一只手靠着桌子拿着试卷，又看着我。

他难道觉得我错的题很弱智？我转过头，问道：“怎么啦？”他还是看着我，两个人就这样默默对视。然后他拿过试卷，一手指着老师写的那个大大的“好”字，眼睛带着笑意地问我，“你想暗示我什么？”

虽然真的只是很平常的一件小事，但是，我真心有被撩到的感觉。那一种既无奈又深情的语气戳心的暖啊。

刚刚好

文 / 王小瓜

就从心开始吧。

2011 年的劳动节，我刚满二十岁，读大二，去重庆找一个朋友玩。当时托同学帮我买了一张 4 月 29 日下午从成都去重庆的动车票，然后开始了可以说影响我一生的一段旅程。

到达重庆后的第一件事就是赶紧买回来的动车票，可惜毕竟是节假日，已经没有坐票了，只好买了一张 5 月 2 日上午回成都的站票。我从售票员手里拿到那张票的时候丝毫没有意识到之后会发生一件怎样传奇的事情。重庆很漂亮，夜景奇美，朋友带着我逛了磁器口，逛了洋人街，逛了重大、交大、工商，边吃美食边吐槽怎么人行道走着走着就没了，吐槽有一段公交站名叫八公里、七公里、六公里、五公里。感觉要起飞了！这些都成为了我人生中美好的回忆，无数次在夜深人静时可以静静回味。

假期结束，开始回程。我拿着那张站票，在进入车厢的时候既可以往左走，也可以往右走。平时我习惯性地都会往右走，可是那天我感觉有个声音在告诉我：往左走！

十分钟以后一个男生走了进来，在靠窗的位置上坐下，我站在旁边的走道上低头看了看他，心想真帅啊！那时还没有谈过恋爱，想搭讪却没勇气，后来他和坐他旁边的男生聊起来了，再后来我旁边两个站票的女生也加入了他们的谈话，我自然而然地也把握了机会。

大家年龄相仿，聊各自的学校、聊专业、聊在成都的生活，全程我们都不知道彼此的名字，我只知道他是重庆人，比我小，在 UESTC 读书，他讲话很温柔，卧蚕特别好看，气质温和，从言谈举止间感觉得出他很有教养。我好几次想问他的电话号码或者 QQ 号，可是都没有勇气。

到了成都，大家互相道别。我先走出来，但是人多走不快，他和旁边的男生又慢慢地和我走在一起，问我要不要和他们一起去吃饭，我当时真的是脑抽风了，我说不要，我要回学校了！然后我就走了。

刚坐上回学校的车我就开始后悔了，我是疯了吧，怎么这样的机会都没抓住，一见钟情就这么被自己给糟蹋了！回校后告诉同学这件事，都被骂死了，说我太不争气，连个电话号码都不敢问。

事情发展到这里还并未结束。

我越想越觉得自己不该错过，怎么办呢？我不知道他的名字，不知道系别，当时真是恨不得每天去 UESTC 门口蹲守算了！最后我就在他们学校的百度贴吧上面发帖，标题大概就是 5 月 2 日从重庆回成都的动车上的那位男生，我在找你之类的，大概讲了一下我的穿着，希望他看到的话留一个 QQ 号。很多人回帖说我很勇敢，鼓励祝福之类的，可是都不是他，我就每天发一次。当时的贴吧吧主真的太好了，把我的帖子转到了他们内网上。

大概发了十一天，我记得那是一个星期五的中午，我上完课照常打开帖子，发现评论区直接炸了，无数回复内容都在说“恭喜你小妹妹，你的梦想成真了”，然后我找了许久终于找到了他的回复，很长，仔细说明了那天我们聊的所有话题来证明他的身份，最后留下了 QQ 号，希望我尽快联系他，因为他也找了我好久。

然后我们就默认在一起了，没有谁追谁，在 QQ 上打招呼后就彼此默认了，当天从下午两点一直聊到第二天凌晨四点，简直各种相见恨晚啊！都是初恋。

后来他告诉我他回校后也开始后悔为何没有问我要联系方式，也不知道名字，当时人人还是主流的社交网络，所以他每天就在人人上一个个地看照片。

他不上外网贴吧，我那时又没有人人网账号。同学调侃说世界上最远的距离就是你在人人，我在贴吧。

后来我无数次地回想整个过程，都觉得是那么地不可思议：两次买票都是随机的，任何一次早一分钟晚一分钟我都不可能拿到那张票，向左走向右走也是随机的，任意一个环节有偏差我们都不可能遇见，可是却偏偏恰到好处地遇见了，一切都让人不得不相信命运。

这是最美的邂逅，虽然我们已经分开很久了。

不管有没有伤害，不管结果如何，我都真心地祝愿他幸福快乐，就凭他在我最任性的年华给了我无尽的包容和宠爱。

很奇怪，我去过很多城市，可我只会思念重庆。

LOVE YOU

关于异性
你最想知道的几件事

男生问
女生答

痛经到底有多痛？！

@卑诗

1万

参与人数

结束倒计时：02天10时54分

投票选项　单选

@老娘撩发少女心：小肚子像一台绞肉机，加冰块运转。

@1874少女：分不清是要拉粑粑还是肚子痛。

@韬家二月：上一秒的泼妇，下一秒的怂货。

@yin111嗯：站着也不是，躺着也不是，在床上翻身也不是，不翻也不是，直着 睡也不是，缩着睡也不是，换个姿势，就是换种痛法！

@BrainSlice：活是不想活了，死又不敢死。

@烂豆--豆烂：拉屎没厕所。十倍。

@进口的呛口小辣椒：仿佛肚子里有一台正在运作的绞肉机。

☐分享　☐匿名　　投票

会摄影是不是很帅？

结束倒计时：01天05时42分

@揭闯

3万

参与人数

投票选项　单选

@爱听卡门的姑娘：一般还是看脸。

@刘静静静静妹妹：关键看颜值，长得丑的只能叫“那个照相的”。

@阿柴柴靓怡：是，最好从化妆到搭配，拍摄到后期。

@李光洙的腿由我继承：把1米55左右、120斤的我拍成刘雯那样的摄影师，我给一千分。

@抹茶味Mora：这跟会什么技能无关，主要看脸。你要是帅的话踢毽子都是帅，如果丑的话，就算打高尔夫都像是在铲屎。

@二闹的虫牙-：会摄影帅不帅不知道，但是不会照相真的会被打。

@Z_ddddd：那些问什么手啊、声音啊加不加分的男生，我想告诉你，加分是一定的，但是你的脸也得有个基础分才行，你看过哪个光靠加分考上清华北大的。

@路瑶知马力luy：你拍山山会嫁给你吗？你拍水水会嫁给你吗？会摄影不重要，重要的是你要把女朋友拍成一米八的大长腿。

@南幼、：看个人吧，有的喜欢摄影的，有的喜欢声音好听的。像我，就喜欢长得好看的。

□分享　□匿名

投票

对学医的男生是好感还是排斥？

@Doctor－谢文兴

结束倒计时：03 天 13 时 52 分

1.5 万

参与人数

投票选项　单选

@＿林榆雁：那就看你是赵启平还是张益达了。○

@不喜欢我就不要撩我阿：如果你有赵医生的颜值……○

@NEE18A：如果长得像赵启平的话……○

@木木小苏打：不知不觉想到赵启平……○

@SCSILYNN97：如果你是赵启平我就喜欢！○

@坐等陈学冬演唱会：比如赵医生？那必须是好感啊！○

@不想听你说了：好感！赵医生我老公！○

@Pao鲁哒啦－：如果你是赵医生，我愿意全身骨折。○

□分享　□匿名　　投票

手控是真的吗？

@少年运土

2万

参与人数

结束倒计时：01天10时54分

投票选项 单选

@爱猫猫的魏梓晴：真的，超级迷恋手好看的小哥哥（前提是脸也好看）。

@没有人用过的微博名字：就像你们男的喜欢胸大的一样。

@肥鹤CSH：说真的，你可以认识一下易烊千玺。

@桐桐桐阿桐_YT：不是猪手就行。好看加分，猪脸不得分。

@闵松月啊：如果你长相五分，手很好看，可以打七分。

@雪亦飞EE：是真的，不过建立在“这个人好帅啊……哇，手也这么好看”的基础上。

☐分享 ☐匿名

投票

你们为啥牵手上厕所呢？

@程皓宸

1.3 万
参与人数

结束倒计时：02 天 13 时 57 分

投票选项　单选

@时遇鱼鱼：不然牵着脚会很怪。 ○

@唉爱哎雨：这就跟男的为啥老一起上厕所抽烟一个道理。 ○

@搞怪的小小鲁：那你以为那些八卦是怎么传播的呢？ ○

@首先你要知道自己的目标：因为自己一个人的话，会有其他女生问“啊！你怎么自己一个人啊！” ○

@恶婆婆黑暗进化：厕所没有锁的时候有人可以帮我顶着门。 ○

@92 年 11 月 06 日：去厕所的那段路会很空虚。 ○

@胖迪酸奶疙瘩味的柚榛源：这是女生促进友谊的方式，如果一个女生从来都不和另一个女生一起上厕所，那么她们的关系一定不是很好。 ○

@呦呦鹿鸣嗷嗷狍叫：一个人的寂寞，两个人的错。 ○

☐分享　☐匿名　　投票

男生做什么动作时让你们觉得最暖心？

@给你唱不老的江南_

2万
参与人数

结束倒计时：01天15时32分

投票选项　单选

@--YEE--- ：长得帅的站那儿就很暖心。

@限量版的花粥：朋友叫我名字！他先回的头！

@我是个傻宝宝123456789：笑着摸摸头、很宠溺的那种，或者帮你理头发、擦掉嘴角的米粒啥的，但是千万不是那种嫌弃的表情，一定要让女生感觉到自己是被爱的。

@Cataliii_：一直觉得男生说“别闹”特别带感。

@谢四岁_：打开钱包的样子。

@会飞的小可爱猪阿：冬天张开大衣让我进去。

@海绵小小小小小宝宝：不经意地从后面搂住你的腰，并且把头抵在你肩膀上。

@老高同志的崽儿：不记得在哪又为什么和他呆在一块，我累了就睡觉然后他就玩手机，外面突然有人放鞭炮，他本能地一把捂住我的两只耳朵，等放完了又来拍拍我的背。事后和他提起，他不记得了。他的本能反应才是最暖的。

☐分享　☐匿名　　投票

你们会因为感动而去喜欢一个人，然后在一起吗？

@LIUgnn

1.8 万
参与人数

结束倒计时：03 天 24 时 01 分

投票选项　单选

@Meet_3：会，冲动的后果就是后悔。

@放羊驼的少女：会被感动然后在一起。我发现有些女生属于一开始感觉一般但到最后越陷越深无法自拔，男生反而更容易逃脱。

@_热心市民赵女士：不会感动，但是他帅的话，可能会。没错，就是这么肤浅。

@逐梦1557：以前会，现在不会了，因为那只会让你失去一个好朋友。

@夏楠217：反正我会，只要那个人不是严重偏离我的择偶标准，我会被他感动，会记得他的好，也会回应他的好。毕竟。我觉得，遇到一个真心对你好的人，是多么难得的幸福与幸运。

@Totemo-：一个人永远可以分得清感动和爱，只是理性的人选择对感情负责，寂寞的人选择随意接受。

@一个甜奶罐-：不会，我认为孤独比将就快乐。

@我有一个呆B朋友：哪会分不清。当你分不清的时候已经是爱情了。

☐分享　☐匿名　投票

女　生　问
男　生　答

男生怎么确定自己喜欢一个女生？

@西喜呀

2.1 万
参与人数

结束倒计时：00 天 23 时 04 分

投票选项　单选

- @Alan_Zjt：妙语连珠是猎物，支支吾吾是喜欢。
- @Yoona 的秘密男友：看到她会躲避眼光，想到她会笑，看到这个题目会想到一个人。
- @茶丸阮卷：打王者的时候只想救她。
- @林纨绔：当我觉得她很可爱的时候，我就知道我完了。
- @6-before__vglike：认真且怂，从一而终。
- @正轩 Colorful：真正喜欢一个人眼神从来都是藏不住的。
- @萌的帅的辰：脑袋里反复在想自己到底喜不喜欢她的时候。
- @小明爱科研：每天早上自觉帮她在蚂蚁森林浇水吧，我想。

□分享　□匿名　　投票

怎样看待倒追自己的女生?

@年月与匆匆

2万

参与人数

结束倒计时：01天08时54分

投票选项　单选

@L陶如简：我喜欢的，我不会让她倒追。我不喜欢的，我会给她说，不耽搁她时间。

@心灵橙汁~：都说女追男隔层纱，其实不是这样的，有的时候是隔层大冰山。

@基佬恋旧林：其实，男生也很喜欢女生主动一点。

@琚菇凉呢：曲妖精说过，倒追可以，但不能倒贴。

@Sccc军体拳：倒追的成功率完全取决于颜值。

@男护护护护护：喜欢表现在女孩子身上是勇敢，表现在男孩子身上是害羞。

@樱花会开吗：想想袁湘琴吧！突然有了力量！再想想那是电视剧呀！编的呀！

☐分享　☐匿名

投票

会偷偷一个人哭吗？

@chen 静熙

3 万

参与人数

结束倒计时：01 天 15 时 24 分

投票选项 单选

@nen1lu：昨天被蚊子咬了，哭了一晚上。

@木樨花城 BHY：“那一刻你心里有场海啸，可你站在那里，什么也没有说。”

@浪人怪咖：有天晚上，一个人窝床上看《忠犬八公的故事》，看得我一大男人愣是哭得稀里哗啦的。

@可能会是一个人：看了评论觉得我是个假男生，我经常在深夜多愁善感，就想对着夜空流眼泪。

@b1nAir：会的，哭完心里骂一句“操”，抬头又是一张笑脸。

@丁有趣_：大一刚开学洗脸的时候偷偷哭。

@苍海一生狂笑：会！我从部队退伍，一个月后就开始工作，面对社会上的种种，很多时候极度不适应，压力大，孤独。以前做什么事都是一群人，现在做什么都是一个人，反差太大了，有天晚上实在忍不住喝了很多酒，哭到睡着。

@脚残与脑残：185 大高个，常常哭，泪点低，大庭广众不会，《泰坦尼克号》看一次哭一次，实际上并不娘，取向什么也很正常，就是拉出去打群架往那一站特有面那种，可是感性过度我能怎么办……

□分享 □匿名

投票

注重外在还是内在？

@瑶要你 -

1万

参与人数

结束倒计时：03天15时50分

投票选项　单选

- @最爱的自己、：首先看了你的外在才会去了解你的内在。
- @树洞君的声音：始于颜值，陷于才华，忠于人品。
- @大九九儿：五官决定能不能在一起，三观决定能不能长久的在一起。
- @一名少年的意淫：她的外在决定了我会不会想了解她的内在，而她的内在决定了我会不会一票否决她的外在。
- @魔法少女厄加特2：好看的皮囊千篇一律，有趣的灵……卧槽这皮囊真好看。
- @__YOUNG、i：就像我前两天在网吧看到一个好漂亮的女生就是自己喜欢的，结果没一会，抽上烟打游戏满嘴脏话，瞬间对她失去兴趣。
- @怎能没有蹊跷：“不要指望一个男人，可以跳过外表看内在。”
- @原味高三：时间久了会发现，长得好看最终是没有卵用的，拥有一个你想去尊重的，或者聊的来的，能互相理解的人是多么的难能可贵。

□分享　□匿名　　投票

选择对象的标准？

@晓彤 Cheney

2万
参与人数

结束倒计时：02天12时45分

投票选项　单选

- @我很帅不用谈恋爱：女的，活的。（我妈给我的标准）○
- @杨先生的娇宝宝：所有的条条框框都是给不喜欢的人定的。○
- @你可以叫我----毛毛：单身这么久还敢有门槛？○
- @Syoldier：等分配，再问乱棍敲晕。○
- @科比官微：有眼缘，三观要和，要……要什么要，有女孩看上你不错了，你还挑。○
- @ChatoyantHec：对脸的追求越来越小。合拍以及舒服。○
- @梁西瓜汁：奶奶说，下雨知道往屋里跑就行了。○
- @WasteMateRlal：梦想：白富美。实际：是个女的。○
- @外向孤独患者o_0：感觉早已经认识了对方N年一样，是那种打从心底的喜欢，没有时空的限制，好像就是命运把你们串在了一起。○

☐分享　☐匿名　投票

为什么那么爱玩游戏？

结束倒计时：00 天 12 时 28 分

@草木盛衰美人依旧

1.8 万

参与人数

投票选项　单选

@YYYYYYYYoga：因为真的挺好玩儿的。

@难返光阴：因为没人陪男生聊天啊，男生和男生聊天很怪的。

@Weiad__：电子竞技没有爱情。

@在奔 7 之路的靳蛋清：来吧，我们峡谷相见，相信你很快会忘记你的男朋友。

@空空空空空空空空空空即是色：就跟女生为什么爱看电视剧、看打扮一样。

@依绫言心：因为玩游戏是一个人最好的打发时间的活动啊，而且大型线上游戏会削弱孤独感。

@顺风投_逆风浪：难道两个男的手牵手去逛街？

@坚持每天喝 8 杯水：有的人把游戏当娱乐，有的人把它当梦想吧。

☐分享　☐匿名　　投票

那些互相喜欢过、却不再联系的，是不是就真的放下了？

@一哒哒_陈大大

1.3 万
参与人数

结束倒计时：01 天 10 时 54 分

投票选项　单选

@hhh1：有时并没放下，只是你发现没有了她，日子还是照样过，该吃吃该喝喝该玩玩，慢慢的你会明白，有的人一辈子你都放不下，可她却不会影响你的生活。 ○

@风味航：爱过的人，怎么舍得放下，只是藏在心底，提起没有涟漪。 ○

@UI 宝宝沈海灿 -：看一眼就想要得到的人，还是不联系比较好吧。 ○

@FHKD-：如果她能回头，我会用最快速度奔向她身边，嗯。 ○

@总有一天你会是我的崽：对这个人，是可以放得下的，对那段记忆是完全不想放弃的，时间长了，我都忘了她的名字，她的模样，却还记得，一些好的坏的，有的没的，只想笑，那段那么精彩的记忆，苦的现在也甜了。 ○

@白青 L：大部分时候，你翻到他（她）的联系方式的时候，心还是会不自觉的“咯噔”一下。 ○

@兵长一米六 -33：不放下我还能揣兜里嘛？人总是得往前走的。 ○

☐分享　☐匿名　　投票

LOVE YOU
喜欢你

作者
七宝酥等

总策划
朱家君

选题策划
罗晓琴

执行策划
龚如梦

特约编辑
郭 昕

流程校对
刘 宇 夏金铃 汤诗蕊

封面设计
章 喆

宣传营销
郭海洋 蒋 惊

运营发行
常蓦尘

出版社
长江出版社

总出品
漫娱文化

平台支持

小说馆 脑洞W

图书在版编目（CIP）数据

喜欢你／七宝酥等 著．
—武汉：长江出版社，2017.9
ISBN 978-7-5492-5352-4

Ⅰ．①喜… Ⅱ．①七… Ⅲ．①故事－作品集－中国－当代 Ⅳ．① I247.81

中国版本图书馆 CIP 数据核字（2017）第 238359 号

喜欢你／ 七宝酥等 著

出　　版	长江出版社 （武汉市解放大道 1863 号　邮政编码：430010）
出　　品	漫娱文化 （湖北省武汉市积玉桥万达写字楼 11 号楼 19 层　邮政编码：430060）
出 版 人	赵　冕
选题策划	漫娱文化图书
市场发行	长江出版社发行部
网　　址	http://www.cjpress.com.cn
责任编辑	张艳艳
装帧设计	章　喆
印　　刷	湖南关山美印有限公司
版　　次	2017 年 9 月第 1 版
印　　次	2017 年 10 月第 1 次印刷
开　　本	880 mm × 1230 mm　特规 1／32
印　　张	8
字　　数	163 千字
书　　号	ISBN 978-7-5492-5352-4
定　　价	35.00 元

电话：027-82927763(总编室)　027-82926806（市场营销部）